Matthias Körner

Die Totenkeule

Roman

Mitteldeutscher Verlag
Halle · Leipzig

Handlung und Figuren sind frei erfunden. Eventuelle Ähnlichkeiten mit lebenden Personen wären rein zufällig.

ISBN 3-354-00318-9

Lizenz-Nr. 444-300/12/88 · 7001
Printed in the German Democratic Republic
Einband: André Kahane
Gesamtherstellung: Karl-Marx-Werk Pößneck V 15/30
Best.-Nr. 639 398 9

00680

Die Totenkeule geht um in Wuttkow.

Sie ähnelt einem verschnörkelten Tischbein. Reißzwekken halten darauf einen Zettel fest. Der verkündet den Namen des Toten, den Sterbetag und den Zeitpunkt der Beerdigung. Auf den Zettel tragen sich die Freunde des Toten ein, die gemeinsam das Grab ausheben.

Die Totenkeule nimmt einen festgelegten Weg durchs Dorf. Der richtet sich nicht nach Hausnummern.

Frieda Lärke muß sie bis zu Blaschke in den Ausbau schleppen. Sie benutzt die Regenrinne als Abkürzung. Das ist ein Trampelpfad, den sanften Hügel hinauf. Bei Regen fließt hier ein Bach, der Steine als Kraftbeweise hinterläßt. Nichts für Friedas Trippelschritt. Ihre Lunge hat Mühe, soviel Körper solch langen Weg hintereinander zu versorgen.

Die Frau ist Küchenchefin der LPG und bald Rentnerin. Sie trägt zur Arbeit weiße Schürzen, deren Bändchen angestückelt sind, damit sie um den Bauch reichen. Im fleischigen Gesicht schwimmt ein spitzer Mund, der jetzt beim Laufen ein schnaufendes O wird und dadurch einmal nicht spricht.

Vor Blaschkes Hof ebbt Friedas Anstrengung und Aufregung ab. Der Mund kommt zu einem gehechelten Satz:

De Tot'nkeule is' da!

Sie kann nicht ins Haus. Den Tod bringt man nicht unter ein fremdes Dach. Und wer läßt ihn an sein Fenster oder seine Tür klopfen? Nur rufen geht, weil der Wind die Nachricht zerreißt und die Partikeln zerstreut.

Der Tod kriecht trotzdem in Wuttkower Häuser, durch Ritzen und offene Fenster.

Frieda stellt die Totenkeule ans Hoftor und geht.

Abwärts reicht die Luft weiter.

Tot ist Heiner Mitzig. Um die Fünfzig. Das Paradepferd in Wuttkow und Umgebung.

Man hat ihn mit gebrochenem Genick bei den Drei Eichen gefunden. Er lag unter der mittleren, der höchsten. Die Bäume stehen dort, wo sich der Graben aus dem Dorf in Rinnsale auflöst und schließlich von moddrigem Torf aufgesaugt wird.

Mit dem Baum hat es seine Bewandtnis.

Um in Wuttkow einmal zu zählen, mußten einst die Jungen in den Wipfel ebender Eiche einen Nagel einschlagen und mit dem Messer den Namen einkerben.

Der Brauch hat in der Geschichte seinen Ursprung:

Zwei Dutzend Franzosen in Napoleons Diensten rasteten aus Zweifel über Wuttkows Wehrhaftigkeit vorsorglich unter den Eichen.

Der Frost knackte im Moor.

Auf der mittleren Eiche hockte ein Wuttkower Krieger.

In Ermangelung einer Bewaffnung, so die Legende, stürzte er sich von ganz oben auf den ranghöchsten Offizier.

Beide fielen für das Vaterland – jeder für seines.

Zweifler sagten, daß von der Höhe und in der Dunkelheit keine Rangabzeichen auszumachen waren. Außerdem sei der Mann aus Angst auf den Baum gekrochen, und runtergekommen sei er, weil die Kälte ihn steif gefroren hätte.

Aber jeder macht sich seine Vorbilder. Fortan war das

Eicheklettern erste Klippe für künftige Helden. Als Nachweis für die Anwartschaft galten Nagel und Name.

Der jeweilige Anführer der Jugend wachte darüber, daß sich keiner wahllos in die Geschichte drängte. Damit er die richtige Auswahl traf, wurde er von der Dorfobrigkeit eingesetzt.

In Mitzigs Jugend war das der Großbauernsohn Pollke.

Die Prüfung an den Drei Eichen zählte zu den Dorfhöhepunkten und fand sonntags statt.

Die Zuschauer schützten die Augen vor dem Sonnenlicht und verfolgten die Kletterei von Mitzigs Jahrgang.

Da trat Heiner Mitzig an. Nach vorn gebeugt, mit Armen fast bis an die Knie, sah er zu den Leuten auf.

Der Heiner Mitzig aus der baufälligen Kate, in deren Stall eine Ziege vor Hunger schrie.

Der zählte nicht zu den Pollkes. Daran änderten auch die gleichmacherischen braunen Hemden nichts.

Pollke stellte sich breitbeinig vor die Eiche und sagte:

Du nicht!

Damit kein weiterer von der Sorte auf den Gedanken kam, wiederholte Pollke schreiend:

Du nicht!

Mitzig hätte dennoch einer ihrer Helden werden können. Die Zeit brauchte viele auf und fragte nicht nach Nägeln in irgendeiner Eiche.

Der Ortsbauernführer Pollke erklärte seinen Sohn für unabkömmlich von der Wirtschaft und schickte statt dessen Mitzig zu den Luftwaffenhelfern.

In schicksalhafter Stunde, sagte Pollke zu Mitzig, liegt Deutschland in deinen Händen.

Mitzig verfuhr den Restkrieg hauptsächlich mit der Reichsbahn in offenen Güterwagen und an ein Geschütz gekauert.

Als es nichts mehr zu schießen gab für Deutschland, rettete er sich mit Lederhose und jungenhaftem Aussehen vor Ärgerem nach Wuttkow.

Der alte Blaschke trägt in den Hosentaschen drei Kastanien gegen das Rheuma. Er hatte zu spät damit angefangen.

Er hat weißes Haar und vergräbt seine Hände in den bottligen Jackentaschen.

Er sagt öfter: Ja, ja, und schüttelt den Kopf dabei.

Blaschkes Haus verkriecht sich unter einer Ulme. An deren Stamm ist aus schiefrigem Holz eine Bank genagelt. Das ist sein Sommersitz.

Blaschke hat ein Weilchen auf der Bank gesessen. Die Borke atmete schon Kühle aus und weckte das Rheuma in dem Mann.

Er faßt nach der Haustürklinke. Sie ist locker und nach oben zu betätigen. Abends zieht er die Klinke außen ab, drückt die Tür von innen zu und hat das Haus verschlossen.

Er wohnt hauptsächlich in der langen, schmalen Küche. Unter dem gemauerten Küchenherd sind in einem Schieber Holzscheite geschichtet.

Blaschke legt nach. Er heizt das ganze Jahr über, will die Schmerzen nicht herausfordern. Neben dem Küchenbüfett steht auf einem Tischchen das Radio. Es ist mit Stoff bespannt, der bei den tiefen Tönen vibriert. In der Mitte zeigt ein Auge an, wann die Röhren warm genug sind. Obenauf ist das Bild seiner Frau.

Der war die Welt nicht viel größer als Wuttkow und so ein Sprechapparat ein Wunderding. Blaschke hatte ihr anfangs eingeredet, in dem leuchtenden Auge sei bei genauem Hinsehen der Sprecher zu erkennen. In seinen Mundwinkeln nistete Schalk. Sie hielt das nie für ausgeschlossen und wartete, bis der Mann aus dem Haus ging.

Dann preßte sie ihr Auge auf das Radioauge. Farbige Kreise und springende Punkte formten sich zu einer Welt, die allmählich über Wuttkow hinauswuchs. Sie sah mehr, als in einen Fernsehapparat hineinpaßt.

Seit dem Tod der Frau kreisen Blaschkes Lebensbahnen um das Radio. Mit dem kann er lediglich zwei Sender von der gleichen Sorte einfangen. Einen Stumpen paffend, hört er dort viel von Menschlichkeit.

Er sucht danach in Wuttkow.

Blaschke blieb nach dem Krieg als einziger Held in Wuttkow:

Seine Einheit hatte verbissen gegen den General Winter gekämpft.

Bei einem Spähunternehmen fand Blaschkes Truppe einen verwundeten Russen. Dessen Fleisch war erfroren. In Blaschkes Magen rebellierte die Suppe von dem Gestank.

Blaschke sagte: Scheißkrieg. Sonst säße er in Wuttkow und der Russe auf seiner Ofenbank, und beide hätten einen warmen Arsch, und keiner wüßte vom anderen, und keinen von beiden würde der andere stören, weil die Wärme für beide Ärsche reichte.

Gibt's Wichtigeres?

Kameraden übergaben den Russen und Blaschke dem Kriegsgericht.

Der Vollstreckung kam eine Frontbegradigung zuvor. Bei der mußte schneller gelaufen als gedacht werden. Zur Hinterlassenschaft gehörten die beiden.

Dem Russen faulte schon zuviel Fleisch.

Zu weit mehr als ›Nemezki towarischtsch‹ kam er bei den Seinen nicht. Die vermuteten Größeres.

Für Blaschke genügte es gerade so.

Er zog später mit einem Kommandanten in Wuttkow ein. Blaschke sollte Bürgermeisterei betreiben, eine höhere Lebensmittelration empfangen und Vergünstigungen genießen. Doch Blaschke brach das Land um und säte. Denn ich bin Bauer, sagte er. Außerdem, auf Vorschuß der Vergangenheit leben, das ist Heuchelei.

Er lächelte den Kommandanten an, der kaum Deutsch verstand:

Sonst, towarischtsch, verliere ich den Boden unter meinen ausgelatschten Stiefeln.

Blaschke denkt daran, woher dieser Mitzig kam.

Heiner Mitzigs Mutter, die Magd Lene Allerten, hatten Kaiser, Gott und Vaterländer durch Krieg und Europa geweht. Bis nach Wuttkow.

Sie war jung und hatte Hornhaut auf den Händen, nicht auf der Seele. Die bog sich nach Zärtlichkeit wie eine Pflanze zum Licht. Ausgerechnet zu dem Großbauern, bei dem sie in Stellung war.

Der Rauch der Kartoffelfeuer und die Zärtlichkeit verflogen im Herbstwind.

Der Großbauer überschrieb Lene Allerten eine Kate mit einem Flecken Land.

Für Regsamkeit in Haus und Hof, begründete der alte Mann.

Die Leute wußten es genauer: Die brauch' eh einen Mann. In drei Monaten, sonst isses eh zu spät.

Die Zungen der Dörfler waren schneller als jeder Hochzeitsbitter.

Was die Leute alles schwatzen, wenn einer gefällig ist, sagte der Großbauer.

Er strich sich über die Bartstoppeln und holte die Schatulle aus dem Versteck unter der Dielung des Herrenzimmers.

Fuffzig Mark reichen, 'nen beßren brauchste nicht,

sagte er zur Lene und schickte sie in die Stadt auf Männerfang.

Bis dahin kam sie nicht. Sie stolperte im Zug in der dritten Klasse über die langen Beine eines Mannes.

Der hatte keine Fahrkarte. Lene zahlte für ihn nach und löste auf der nächsten Station für beide die Rückfahrt nach Wuttkow.

Und sie sparte von den fünfzig Mark fast vierzig.

So wurde Johannes Mitzig Bauer. Dabei träumte er so gern.

Einmal hatte er etwas gelesen über das sagenumwobene Atlantis. Seit dieser Zeit hatte sein Ziel einen Namen. Er stopfte den Begriff Atlantis mit seinen Visionen einer heilen Welt wie eine Mastgans.

Johannes Mitzig wollte das verkünden. Deshalb schrieb er seine Träume auf und sagte »Gedicht« dazu.

Worte machen sehend, sagte er.

Woorte sind wie Luuft, sagte Lene, der Wiind treibt sie, wie är wiill.

Lene schickte Johannes auf ihren Acker, Kartoffeln zu stecken.

Der dunkle Boden sog die Wärme des Apriltages auf, um sie in der Nacht wieder auszuatmen. Der Ackerzipfel war am Hügel, eingekeilt von Wegen. Hier wirbelte sich auch der kleinste Wind kräftig und stopfte seine Hosen mit Mitzigs Ackerkrume samt Dünger voll.

Von uns ist egal was unterwegs, sagte Johannes zur Lene und begründete damit seine Bauernunlust.

Johannes hatte drei Zeilen Kartoffeln gelegt. Er setzte sich am oberen Wegrand auf den Teufels- bzw. Philosophenstein. Mannshoch trotzte der allen Zeiten. Keiner wagte sich an ihn. Von dem Stein hieß es:

Als der Teufel mit den Wuttkowern einen Pakt schließen wollte, gaben diese – weil die Wuttkower immer etwas weiter denken – dem Teufel ein Fäßchen Selbstgebrannten. Und es wäre nicht der Teufel, hätte er dem Schnaps nicht reichlich zugesprochen. Am nächsten Morgen hatte der Teufel alle Abmachungen vergessen. Aus Wut darüber schleuderte er den Stein gegen Wuttkow. Aber wegen seiner angegriffenen Zielsicherheit verfehlte er das Dorf.

Andere behaupteten, da der Stein einen solch krummen Rücken hat, er sei einst ein Philosoph gewesen, der hier saß und über die Welt nachdachte, bis er versteinerte.

Der Stein als Weiser, also unnütz. Johannes Mitzig blickte über das Land.

Feldwege durchzogen es spinnennetzartig, in der Mitte Wuttkow.

Er entdeckte die alte Juschkon.

Sie rutschte in schwarzen Röcken zwischen den Zeilen ihres Ackers. Mitzig bemitleidete die Frau:

Ruh dich aus, rief er.

Sie hob den Kopf und sagte:

Wenn ich nicht mehr auf der Erde kriechen kann, gehöäre ich daruunter.

Sie verschmolz wieder mit dem Acker.

Für den Stein reichte die Aprilwärme nicht. Mitzigs verschwitzte Sachen schützten schlecht.

Am Abend schüttelte ihn Fieber und trübte seinen Blick.

Er rief: Das ist kein Leben.

Lene bekam Angst. Sie fütterte ihn mit eingeweckten Preiselbeeren und legte Wadenwickel an. Seine Stirn umschlang sie doppelt mit einem nassen Leinentuch, dort den Sitz seines Unheils vermutend.

Där koomt nooch um den Väerstaand, sagte sie.

Kaum erholt, eiferte Johannes Mitzig beim Schreiben wie nie zuvor.

Die Blätter legte er in die Geldkassette. Darin war genügend Platz.

Doch Kunst lechzt nach Publikum.

Johannes Mitzig verlas seine Gedichte in der Schenke. Eine ganz neue Belustigung für Wuttkow.

In kratzigem Anzug, mit zu kurzen Hosenbeinen stellte er sich auf einen knarrenden Stuhl und rezitierte von den Blättern aus der Kassette.

Zwischenrufe: Mehr von de Liebe.

Damit konnte Johannes dienen, er mochte seine Lene sehr. Mit fahriger Hand und belegter Stimme las er von der Liebe. Er schluckte gegen Tränen an. Das zwang zu Pausen.

Vom Publikum: Haste dat alles selber erlebt?

Oder hastes vom Großbauern!

Explodierendes Lachen. Ende der Vorstellung.

Ende, für ein paar Tage wenigstens.

Johannes Mitzig arbeitete bei Pollke.

Der ist weniger wert als ein Weib, sagte der alte Pollke und bemaß danach auch den Lohn für Mitzig.

Johannes war das einerlei. Großzügig gab er sogar sein Stückchen Arme-Leute-Hering ab. Jedoch zerrackerte Lene für den Heringsrücken ihren Rücken. Und während Johannes die Welt mit erhobenem Haupt durchmaß, wuchs seine Frau zur Erde.

Der schmerzende Rücken bedrückte das Leben der Emsigen. Mit ihrer Wärme mußte sie haushalten. Kleine Portionen davon tauschte sie bei ihrem Mann gegen Glücksstunden.

Das Kind Heiner konnte in einen derartigen Handel lediglich ein Lächeln einbringen.

Für ihn hieß es: Wenn du leben willst, hast du zu arbeiten.

Er schleppte über fremden Acker Kartoffelkörbe. Die Arme wurden länger und länger.

Affenarm, riefen die Kinder.

Was half es. Selbst die kleinste Wirtschaft benötigte ein Fuhrwerk. Mitzigs borgten sich das Gespann für Scheibchen von Heiners Kindheit. Das war eine geringe Gegenleistung: Kind für Pferd.

Pollke gab das Gespann, wann es ihm paßte. In der Heuernte geschah das an Regentagen.

Ab und an stahl Johannes Mitzig den Heiner vom Feld und nahm ihn mit zum Philosophenstein und erzählte von seinem Atlantis: Kinder spielen da. Er fuhr dem Jungen durchs Haar: Armer Kerl!

Gerechtigkeit für alle, sagte Johannes, Gleichheit der Menschen.

Auch für Pollke? fragte Heiner.

Und essen, sagte Johannes, essen, daß jeder satt ist.

Woher kommt das, sagte Heiner.

Es wird dasein, sagte Johannes.

Er verwandelte für das Kind Wolken in Tiere und Dämonen und erfand Geschichten dazu. An ihren Fäden hing immer ein Stückchen von seinem Atlantis.

Die Erzählungen rieben Heiners Stirn heiß.

Erfuhr Lene von den gemeinsamen Ausflügen, zog sie die rechte Holzpantine aus, drohte ihrem Mann damit und sagte:

Jätzt treibst du auch nooch dem Junngän deine Flausen in den Koopf.

Auf Pollkes Hof dampfte der frische Mist in der Maisonne. Die Arbeitseinteilung war längst vorüber. Der alte Pollke wartete auf Johannes Mitzig.

Die tigergestreifte Katze schnürte über den Hof, hinterher vier Junge.

Wenigstens das gleich erledigen, brubbelte Pollke.

Er hatte das Tier seit Tagen gesucht. Die Katze

fauchte, als Pollke die Hände aus den Hosentaschen zog. Sprungbereit, ließ sie den Mann nicht aus den Augen.

Kennt die Übung, sagte Pollke.

Er goß aus einer Kanne frischgemolkene Milch auf das Pflaster. Sie versickerte und hinterließ einen weißen Fleck.

Dürft nicht lange überlegen, sonst ist sie weg, sagte Pollke und wiederholte das mit der Milch.

Die Katzen rückten näher. Beim dritten Schwepper stupsten sie das Maul in die Milch.

Blitzschnell faßte Pollke viermal zu, dann hatte er die Jungen im Sack. Für die zerkratzten Hände warf er die Alte in hohem Bogen über den Hof.

Im Sack piepste es vierstimmig.

Macht die Alte noch verrückter, sagte Pollke, griff in den Sack und nahm mit einem Knüppel dem Lebensgeschrei eine Stimme.

Plötzlich bekam Pollke einen Stoß. Er strauchelte, ließ den Sack fallen und stürzte in den Misthaufen.

Den Sack behutsam tragend, ging Johannes Mitzig vom Hof.

Auch daas nooch, sagte Lene.

Liebestollheit ließ die Katzen bei Mitzigs anwachsen. Die Mäuse wurden rarer.

Die Kaatzen waachsen uns ieber den Koopf, sagte Lene und beorderte Heiner, die überzähligen Tiere zu beseitigen.

Der Junge wußte, merkt Johannes etwas, stürzt dessen Welt zusammen.

Heiner steckte die Jungen in einen Eimer, der mit Heu ausgelegt war. Sie nahmen es als wohliges Zuhause und schnurrten um die Wette.

Heiner kippte Sand in den Eimer.

Nach drei Tagen schüttete er ihn in eine Grube im Wald aus. Eine Woche lang weinte er. Johannes tröstete:

Haben sich auf ihre Freiheit besonnen, suchen ihr Atlantis, sie werden schon hinkommen.

Er murmelte:

> Aus Worten, die bröcklig
> ist der Spaten
> der nach Atlantis gräbt.
> Wieviel Worte groß
> wird der Spaten sein
> der nach uns sucht.

Das Wuttkow ist zu eng für mich, sagte Johannes Mitzig eines Tages. Er sparte auf einen Frack zur Nobelpreisverleihung. Was sollte die krumme Lene, der saß kein Abendkleid.

Er verschickte Briefe überallhin. Bauchig angefüllt mit Gedichten, verkrümelten sie Mitzig-Spuren. Und Johannes Mitzig folgte ihnen, zerrieben von Hoffnung und Glauben an die eigene Größe. Manchmal kostet Poesie ein Stück Leben.

Heiner Mitzig blieb mit der Mutter allein.

Einen Vorgarten kannte ihr Grundstück nicht. An seiner Stelle streckte sich Mais nach Sommerwärme, zwischen Lehmwand und schlickrigem Dorfgraben.

Das iist dies Jahr eine Saache mit die Maiskolbens, begrüßte Lene ihren Sohn.

Der kam vom Heumähen. Der Wetzstein steckte im Köcher an seinem Gürtel.

Die Mutter stand vor der im Sommer stets offenen Haustür, den Oberkörper parallel zum Boden geknickt, auf einen Stock gestützt. Das Baumwolltuch, südländisch um den Kopf geschlungen, verdeckte die Stirn. Das Kleid war an den ärgsten Stellen geflickt und gab die Waden frei. Die waren dick umwickelt mit Mullbinden, unter die Mitzig morgens Honig gegen die offenen

Stellen geschmiert hatte. Bucklig schubberte sich eine Katze an den Beinen der Frau.

Daas sind keine Soommer mehr, sagte Lene, in Ungarn haben wir gaanzen Soommer lang Soommerkleid getraagen. Hier wääachst nicht mal der Mais richtiig.

Das stimmte. In die Kolben kam zuwenig Sonne. Der Mais aus ihrer Ungarnzeit hatte sich im Kopf festgehakt. Die Plackerei auf dem Gut versickerte in den Jahren.

Das Gedächtnis fischt nach Schönem.

Mitzig sah hinter der dicken Hornbrille der Mutter Schmerz hocken.

Plötzlich nahm er sie auf den Arm und bugsierte die Frau in den Handwagen. Anfangs zeterte sie mit ihrem Stock, aber der erreichte sein Ziel nicht: Er war zu kurz, von Mitzig auf die Halbhöhe der Mutter zurechtgeschnitten.

Mitzig polterte mit der Mutter im Handwagen durchs Dorf. Der Stock hüpfte im Takt über dem Gefährt, und Lene Mitzig sang Zigeunerlieder.

Die Schmerzen dehnten die Tage von Lene Mitzig.

Sie wollte nützlich sein. Die Hände sprangen aus dem Schoß und verhaspelten sich in der Luft, weil die Beine nicht nachkamen.

Ein paar Änten, sagte sie.

Mitzig hämmerte und sägte einen Verschlag.

Ausgerächnet Fluugänten, sagte sie und faßte in bebende Knäule.

Die frässen und frässen und werrden niicht fäätt, und am End fliegen sie davoon.

Lene Mitzig schleppte einen Hocker an den Verschlag und dirigierte von oben die Geschicke der fünf Entlein:

Minutenherrgott.

Mitleid weichte diese Rolle auf.

Sie setzte die Küken aus dem Drahtverhau in die saftige Wiese. Dankbares Piepsen.

Daas gefällt euch Scheißerrchen.

Aber da piepste es schon in allen Ecken.

Es gab etwas zu sehen in Wuttkow:

Vorneweg trippelten die Enten und hinterdrein Lene Mitzig. Wollte sie den Tieren drohen, mußte sie stehenbleiben, um den Stock freizubekommen. Die Enten verschnauften bei der Gelegenheit. Dadurch veränderte sich der Abstand zueinander nicht nennenswert.

Die Enten bekleckerten alles, sogar die Holzpantinen. Lene Mitzig wischte mit dem Taschentuch die Sohlen ab und rief:

Ihr Scheißerrchen, ihr Scheißerrchen!

Sie stellte Futter und Wasser hin und war wieder Herrgott über ein paar Hände voll Leben und ihren Altersteufel.

Der Schlachttag rückte heran.

Lene Mitzig hätte die Enten gebraten, sie war Bäuerin. Die Enten besannen sich jedoch auf ihre Flügelkraft.

Ein Herrgott muß seine Untertanen rechtzeitig zurechtstutzen.

Keine Fluugänten mehrr, verspriich daas, Heiner, sagte sie.

In Wuttkow fiel kein Land unter die Bodenreform, auch die großen Bauern waren unter der Hundert-Hektar-Grenze. So blieb in Wuttkow alles beim alten; zumindest mit dem Land.

Überall reden sie, die Knechte werden Herren, sagte Mitzig. Sind wir Herren geworden, Mutter?

Lene sagte: Wer ieber sich hinauswill, spielt mit dem Lääben.

Mitzig strich über ihren Rücken: Wenigstens bekommt man davon kein krummes Kreuz.

Bicken muuß man sich iiberall, sagte Lene.

Wir stellen uns eine Kuh ein, sagte Mitzig. Werden richtige Bauern. Zeigen, daß wir wer sind.

Die wird frässen, sagte Lene. Wir haben immerr nur Ziegen und Schöpse gehaabt.

Ich bewirtschafte der Kowaln ihr'n Teichacker. Ein Drittel der Ernte verlangt sie als Pacht.

Mitzig kaufte eine Kuh. Die einzigen Ansprüche, die er stellte: Billig und noch lebendig.

Das sah man ihr an.

A Gerippe miit Fääll driiber, sagte Lene und schlug die Hände über dem Kopf zusammen.

Die Bauern sagten: Aus der ist das Fleisch schon rausgeschnitten.

Und: Wie sich so was off die Beene hält.

Der junge Pollke sagte: Wenn du die im Ganzen auskochst, gibt's vielleicht 'ne Brühe her.

Damit hatte das Tier seinen Namen im Dorf: de Suppenkuh.

Mitzig putzte die Kuh und pflockte sie in das Maigrün. Das Tier glubschte ungläubig in so viel Futter.

Die Kuh hatte bald Durchfall. Die Vorderbeine knickten weg. Sie stupste mit der Nase in einen Maulwurfshügel und schnaubte den auseinander.

Lene klatschte in die Hände und rief:

Drolliig ist sie!

Mitzig sagte: Die füttere ich raus.

Pollke sagte: Die Kuh soll den Bauern ernähren, nicht umgekehrt.

Mitzig fütterte und fütterte, und Lene bürstete sie jeden Tag.

In der stääkt was, sagte Lene.

Das Fell straffte sich. Sie gab aber kaum Milch, obwohl sie mehr fraß als Pollkes 6000-Liter-Kühe.

Die Tage begannen mit Reif. Kartoffelernte.

Der Kowal-Acker war weit. Wie sollte Mitzig die Kartoffeln nach Hause bringen?

In der Kowal-Wirtschaft stand ein Halbwagen, eine Mischung aus Handwagen und Fuhrwerk.

Mitzig schirrte die Kuh davor.

Wer die Kuh vorn Wagen spannt, wird nie Bauer, sagten die Wuttkower.

Im Winter darauf erblindeten die Stallfenster vom Frost.

Heiner, Heiner, ruf den Flaischerr, rief Lene.

Die Kuh lag fest. Mitzig schmiß Futter hin.

Solange sie frißt, ist der Fleischer unnötig, sagte Mitzig.

Als die Kuh mit dem Fressen aufhörte, war es für den Fleischer zu spät.

Es blieben die Ziegen.

Ja, ja, sagte Lene, daas Schicksal läuft einem hinterhär.

Mitzig schrie, daß die Mäuse auf dem Dachboden in Schreckstarre verfielen:

Ha, historische Mission. Bei Pollke Kartoffelkörbe über den Acker schleppen.

Lene beruhigte: Du bist ein Krümel. Daraus wird niemals ein Kuuchän.

An einem ungewöhnlich warmen Apriltag lag Lene Mitzig neben ihrem Bett.

Am nächsten Tag färbte Spätfrost die Kirschblüten braun.

Männer in schwarzem Anzug holten die Tote.

Lene Mitzig hatte das Leben zu sehr verbogen. Sie paßte nicht in die Norm.

Die Männer schickten Mitzig in das Nebenzimmer.

Sie brachen der Toten die Wirbelsäule.

Das Knacken der Wirbel setzte sich auf Mitzigs Träume.

Geblieben waren Lenes Sprüche, Weiterlebensperlen für Heiner Mitzig.

Einer davon: Wehklagen ist Hefe fürs Unglück.

Mitzigs Tod zerteilt den Sonntag von Bürgermeister Wuschko.

Er kommt in staubigen Arbeitssachen vom Kartoffelhacken auf seinem Feld, um im Gemeindebüro auf die Rückkehr der Totenkeule zu warten.

Die Bürgermeisterei ist im Ausgedingehaus der Kowal-Wirtschaft. Klein und niedrig ist der Fachwerkbau der Abschluß des Hofes zur Straße hin. Das Tor hat Wuschko ausgehängt, sein Büro hat keine Schließzeiten. Die gekalkte Wand des Gemeindehauses blendet Wuschko im Sonnenlicht. Er kneift die Augenbrauen zusammen, daß vom Gesicht nur Falten bleiben und die schuppige Nase.

Wuschkos Feld ist größer, als ihm zusteht. Mitzig führte es unter Wildacker im Bodennachweis. Die fauligen Kartoffeln nutzt Wuschko tatsächlich für das Wild: zum Anfüttern der Schweine vor seinem Ansitz.

Alles hat seine Richtigkeit.

Unter Wuschkos beuligem Lederhut läuft Schweiß über das Gesicht. Den Schweiß treibt ein bißchen die Wärme und vor allem Ärger.

Ärger über das Kruzifix vor seinem Gemeindebüro. Das hat die alte Kowaln aufstellen lassen. Ihr gehört das Gehöft.

Filzpantofflig und hunzlig neugiert die alte Frau auf einem Küchenstuhl vor der Haustür zum Bürgermeister.

Sie setzt ihr Übrigbleibsel an Kraft für das Jenseitige ein. Der Vorrat an Zeit für das Erdenleben ist mit 93 Jahren zu klein geworden.

Das Haus zerfällt allmählich.

Vom Trempel hängen Bretter herunter. Aber um das Kruzifix ist geharkt.

Dem Bürgermeister paßt das nicht. Er hat ausschließlich Diesseitiges zu besorgen.

Das Kowal-Anwesen ist eine Weide der Holzwürmer. Die greifen auch nach Wuschkos Amtsschuppen – so sagen die Dorfleute zum Gemeindehaus. Ausnahme: das Kruzifix.

Wuschko sucht dort vergeblich nach Holzwurmspuren. Dabei hatte er nachts schon ein besonders wurmstichiges Brettchen über dem Haupt des Gekreuzigten zerbröckelt.

Seit 20 Jahren ist Wuschko Bürgermeister, und jedes Jahr ist sein letztes. Daran, daß es dann anders kommt, trägt sein Reißen die Schuld. Ein Feldbaubrigadier hat keinen geheizten Arbeitsraum.

Die Kowaln wartet darauf, daß das Pulverfaß Bürgermeister explodiert: Lichtblitze in ihrem Tageseinerlei.

Das bleibt aus. Dem Bürgermeister fehlt die Stimmung.

Wuschko geht zu dem Fenster hinter seinem Schreibtisch. Beim anderen Fenster versperrt ein Rollo die Sicht. Das Kruzifix steht davor. Womöglich sieht der Mann am Kreuz über die Schulter und mischt sich in die Amtsgeschäfte.

Die Scheibe des Fensters filtert das einfallende Sonnenlicht zu Strahlen, in denen Staubfäden flimmern.

Wuschko schlägt mit der Faust auf das rissige Fensterbrett und sagt:

Verflucht! Ausgerechnet Mitzig.

Der Fensterbrettstaub erhält einen Impuls, wirbelt wie toll und vermischt sich mit dem Luftstaub.

So greift Mitzigs Tod in kleinste Weltenbewegungen ein.

Einst lud Mitzig den Wuschko ein, mit auszuziehen aus Wuttkow, um in der Stadt Achtung zu erheischen.

Bleibe im Ort und ernähre dich redlich, meinte Wuschko.

Ein paar Wochen versaß Mitzig seine Überzeit noch in der Kneipe. Er hatte kein Anrecht auf einen Stammtischplatz, weil er erst nach Lenes Tod dort einkehrte.

Die Tischdecken veratmeten Rauch und Bierdunst. Mitzig lauerte auf Gesprächsfetzen vom Stammtisch. Da wartete man auf den Treibstoff für Freundschaften: eine Runde Kurzen und Bier.

Mitunter entstand ein Wortgeplänkel, eigentlich mehr ein Beschuß zu Mitzig hinüber. Der verschanzte sich hinter seinem Lächeln und trank seine Einmannrunde Kurzen und Bier. Und am Stammtisch trank man Kurze mit Bieren, und nichts wurde zu Treibstoff.

Pollke sagte zu Mitzig hinüber: Was will *der*!

Mitzig wollte es ihnen zeigen, vor allem dem Pollke. Dessen: Du nicht! war unvergessen.

Am nächsten Tag pumpte Mitzig Luft auf die Reifen seines Fahrrades.

Er radelte die zehn Kilometer in die Kreisstadt. Sein Fahrrad fand große Beachtung. In einem 28er Rahmen kreisten 24er Räder ihre Achten. Die Schutzbleche erklapperten für diesen Umstand besondere Aufmerksamkeit.

Mitzig wurde Arbeiter und Radfahrer.

Ein VEB Spiegelbelegerei und Spiegelschleiferei stellte ihn ein. Dort fing jeder mit dem Schleifen recht eckiger Taschenspiegel an. Manche blieben dabei, ein Leben lang.

Mitzig war der einzige Mann in der Schleiferei.

Weiberarbeit, sagten die Leute.

Vor ihm drehte sich eine Sandsteinwalze. Die wurde mit Wasser überspült.

Das viele Wasser trieb Mitzig öfter raus an den Bruchhaufen, die Toilette war zu weit. Die Frauen knufften sich in die Rippen und sagten:

Schneid dich nich' an die Scherben.

Sie orakelten, ob lange Arme ein Zeichen für die Länge eines anderen Körperteils seien.

Mitzig blieb ihnen die Antwort schuldig.

Er steckte zur Arbeit in Gummistiefeln und einer riesigen Gummischürze. Die war steif und unbeweglich, während er den Oberkörper wie in einer Hülse drehte.

Mit einem Holzbrettchen hebelte Mitzig an einer Leiste den Spiegel gegen die Walze:

Wasserspritzen und Gekreisch.

Zweimal Längsseite, zweimal Querseite.

Kontrolle, ob Glanz an den Kanten Schluderei verrät. Die Norm lag bei 1200 Spiegeln am Tag. Mitzig schaffte höchstens 900 und verdiente schlecht.

Nach vier Wochen hoffte er auf Arbeitswechsel. Er meinte, alle müßten nun mit Taschenspiegeln ausgerüstet sein. Aber nein.

Mitzig gegenüber, an der gleichen Walze, schliff Johanna Strauch. Sie hatte drei Tage vor ihm angefangen.

Die Finger quollen vom Wasser. Bei unbedachtem Druck mit dem Brettchen zerplatzte der Spiegel und schnitt die Hände auf. Wegen des Wassers hielt kein Pflaster. Die Schnitte eiterten und heilten nur langsam.

Aus dem Kopftuch von Johanna Strauch drängte ein blonder Dutt. Ihre Augen schienen in einer blühenden Wiese zu tollen. Dabei sahen sie doch nur den Antriebsriemen der Walze. Johannas Hände waren wie losgelöst, sie drehten sich, flogen und wuschelten. Bereits nach zwei Wochen überbot sie die Norm mit 150 Spiegeln.

Die Unterhaltung zwischen Mitzig und Johanna regelte die Pausenhupe, beim Arbeiten war eine Verständigung unmöglich.

Die fertigen Spiegel stellten sie auf Träger. Die mußten zum Feierabend ins Lager; eine schwere Last bei der steilen und schmalen Holztreppe dorthin. Johannas Beine knickten um. Sie vereinbarten, daß Mitzig alle Spiegel wegbrachte. Johanna schliff derweil auf sein Konto. Kein Grund für Mitzig, sich zu beeilen.

Einmal erfüllte Mitzig die Norm. Er pfiff beim Schleifen und arbeitete die Pausen durch. Auf dem Heimweg bückte er sich in Wuttkow nicht wie sonst über den Fahrradlenker.

Der gockelt aber heuer, sagten die Leute.

Ein Arbeitsjahr besteht aus vielen Tagen und ein Arbeitsleben aus vielen Jahren. Das lähmte Mitzig am nächsten Morgen. Sein Rücken war verspannt, und die Handgelenke knarrten. Obwohl ihm Johanna Spiegel zuschob, war sein Tagespensum miserabel.

Der bringt ooch dorte nischt zuwege, sagten die Wuttkower.

Schließlich sind zehn Kilometer keine Entfernung für Nachrichten. Sie wurden als städtisch sogar gesondert behandelt. Man ließ beim Weitergeben nach dem Dörflichen eine Pause, senkte die Stimme, rutschte auf dem Stuhl, verlangte Schweigeversicherungen und beschwor zuverlässige Quellen.

Bei trübem Novemberwetter stolperte die Geschichte über Heiner Mitzig:

Der Chef der Spiegelbude klapperte mit dem Schlüsselbund in der Tasche seines blauen Kittels und sagte zu Mitzig:

Dein Fehlen ist hier kein Verlust. Du gehst morgen um zehn zu einer roten Wallfahrt.

Mitzig hüpfelte vor Freude: ein Tag ohne Taschenspiegel.

Ach, sagte der Chef, laß die Arbeitssachen an. Die sind scharf auf Arbeiterpublikum.

Er dachte: So einen brauchen die.

Mitzig ging als Arbeiter zu der Versammlung und kam als Genosse wieder.

Die Partei hatte für Mitzig den Vorteil, daß Versammlungen, Schulungen und Demonstrationen ihn vom Spiegelschleifen abhielten.

Macht in Sachen Revolution, sagten die Wuttkower.

Zwischendurch drehte er Spiegel: zweimal längs, zweimal quer.

Im Winter war das Walzenwasser kalt. Die Handgelenke schwollen, und die Haut riß auf. Mitzig band die Schürze ab und ging zum Chef.

Warmes Wasser? sagte der Chef. Zu hohe Kosten, keine Kohlen. Die Produktion steht im Mittelpunkt.

Ich denke, der Mensch, sagte Mitzig.

Erst besser arbeiten, dann besser leben, sagte der Chef.

Mitzig sagte: Die Frauen erzählen, beim Kapitalisten war das Wasser warm. Die Schwester der Lisa Stricker schreibt von drüben, daß sie dort automatisch schleifen.

Solche Schwestern machen uns zu schaffen, sagte der Chef.

Nach der Arbeit ging Mitzig zur Partei, mit zurechtgelegten Sätzen.

Ein paar Tage später verkündete Mitzig in der Schleiferei:

Heute gibt es warmes Wasser!

Deine Flausen, sagten die Frauen, seit de inna Partei bist. Zwanzig Minuten vor Mittag dampfte das Wasser von den Walzen.

Möchte sein, sagten die Frauen.

In der Zeit traf Mitzig erstmals mit Hasenhuber zusammen. Der hatte sich vorausgeschult. Seine Kaderakte stimmte. Die Zukunft stand ihm offen. Deshalb nahm seine Person die Bezeichnung Kader in Anspruch.

Hasenhuber bezeichnete seine Kreisfunktion als Sprungbrett. Er sitzt heute noch immer auf diesem Brett. Allerdings heißt es nun bei ihm sichere Bank.

Hasenhuber sagte zu Mitzig: Du bist vom Dorf, Genosse. Bist gewissermaßen ...

Ihm lag Bauer auf der Zunge, aber Mitzig zählte als Arbeiter – was ging drüber. Hasenhuber fing sich:

Hast bäuerliche Erfahrungen. Die Revolution muß aufs Land gebracht werden. Durch die Arbeiterklasse. Kollektivierung. Sozialistischer Frühling. Wir rechnen mit dir.

Auf Hasenhubers Schreibtisch stand ein geschnitztes Schiff. Ein rotes Segel blähte die Losung:

Der Sozialismus siegt!

Des besseren Lesens wegen war das Segel quer angebracht.

Mitzig sagte: Das kentert bei Seitenwind.

Genau das ist es, sagte Hasenhuber, was dir fehlt. Die Sicht von oben. Du spießt Kleinigkeiten auf, betreibst Haarspalterei und Nörgelei.

Mitzig gründete die Genossenschaft in Wuttkow.

Sie rekrutierte sich vorerst aus Mitzig und Littig, vorwiegend aber aus Ziegen.

»Zur dürren Ziege« hieß sie im Dorf und LPG »Aufbruch« offiziell.

Zur Namensverleihung hielt Hasenhuber eine Rede, die er aus einer roten Mappe vorlas.

Mitzig redete ohne Zettel von der Zukunft.

Der Kneiper Leibisch, einziger Gast der Versammlung, schlief mit offenem Mund. Den kahlen Kopf stützte er mit der Hand. Der Ellenbogen tauchte in eine Bierlache auf dem Tresen. Littig hörte, wieviel Milch seine Kuh bald melken würde. Er bohrte vor Aufregung in den haarigen Nasenlöchern.

Die Nasenhaare lösten in der Littig-Familie manchen Streit aus.

Das schlimmste is', wenn de sich eener gehn läßt, sagte die Frau.

Sie bekämpfte das bei sich mit Rouge. Die Hände verpackte sie beim Unkrautzupfen in Gummihandschuhe. Ab und an ließ sie den Schweiß aus den Handschuhen ablaufen.

Die Finger schrumpelten tagsüber. Abends entwelkte sie die Hände mit Niveacreme.

Littigs Frau revolutionierte die Dorfmode, indem sie ein fest zur Pflicht gehörendes Kleidungsstück wegließ: den BH. Sie hielt ihrer Revolution die Treue, nur daß sie diese später mit weiten Pullovern ummäntelte.

Zu solcher Frau paßten keine behaarten Nasenlöcher. Littig beschnitt die fürwitzigen Haarbüschel. Drei Monate lang, bis bereits die Wuttkower Jungen aus der ersten Klasse lachten und mit dem Finger auf ihn zeigten.

Bist eben 'n feischer Dorfplaps, sagte die Frau und hielt Ausschau nach haarfreien Nasenlöchern.

Dazu wollte Littig der Frau wenig Gelegenheit geben, und er war also im Haus viel beschäftigt.

Die El-Pe-Ge-Werbung, sagte Mitzig.

Ja, ja, sagte Littig, werde gleich mal die Richtlinie einholen.

Er telefonierte.

Mitzig fütterte das LPG-Vieh und düngte und pflügte.

Spät dran heuer, sagten die Bauern zu Mitzig, als der drillte.

Müßten paar Hände mehr sein bei euch, sagten sie und gingen weiter.

Die Littig-Hände streichelten unterdessen die Frau.

Aber die zwei Kühe der LPG schrien nicht mehr vor Hunger.

Bei Anrufen vom Kreis vertrat Littig die LPG. Er war schneller zu erreichen.

Wir schicken euch einen Traktor, morgen, mit der Eisenbahn, sagte Hasenhuber am Telefon.

Wenn's sein muß, das war Littigs Standardantwort.

Mensch, 'nen Traktor, der schafft was!

Sollten andere etwas schaffen, summte es in Littigs Ohren.

Er rief zurück: Nehm' wir!

Hab' uns 'nen Trecker organisiert, sagte Littig zu Mitzig.

Der schmiß Dünger auf die Wiesen. Die schwere Wanne zerrte an seinen Schultern.

Pfundskerl, sagte Mitzig und ging auf Littig zu, um dem die Düngerwanne umzuhängen.

Mach du nur schnell fertig, sagte Littig. Schließlich kein Klacks, einen Trecker nach Wuttkow zu bringen.

Littig ging und zeigte seiner Frau, daß es nicht auf die Nasenlöcher ankommt.

Am Vormittagszug nach Wuttkow hing extra ein Güterwagen. Auf dem stand der Traktor, eingehüllt in ein rotes Spruchband: Die Arbeiterklasse hilft den Genossenschaften.

Großer Bahnhof in Wuttkow.

Mit som Ding wolln wa die Buttamarken abschaffen, wa! sagte einer der Dorfleute.

Die Wuttkower rückten näher an den Traktor und an Mitzig.

Kostet 'ne Menge Geld, wa!

Hm, sagte Mitzig.

Gibt wenig von den Dingern, verdammt wenig Trekker, das sagte Pollke.

Nach einer Pause wieder Pollke: Eigentlich gehört er dorthin, wo am meisten rausspringt.

Erneut Pause. Dann: Sollte das die El Pe Ge Dürre Ziege sein!

Gelächter und: Zeigs ihm, Pollke, gibs dem Magermilchbauern.

Mitzig verließ jedoch das Feld nicht wie damals beim Nageleinschlagen. Er nahm Pollkes Herausforderung an.

Haste recht, sagte Mitzig, für die Besten. Wer am besten pflügt, soll den Traktor haben.

Es galt!

Die Dorfmeinung wurde unsicher: Vielleicht doch Demokratie. Die Wahl bestimmte Blaschke zum Prüfer. Das Rheuma hatte ihn gezwungen, seine 6 Hektar Acker zu verkaufen. So zählte er weder zur LPG noch zu den Einzelbauern. Der einzige Neutrale in Wuttkow, der vom Pflügen etwas verstand.

Am Abend sagte Mitzig zum Prüfer Blaschke:

Ich habe wenig Erfahrung im Pflügen. Er räusperte sich.

Das geht nicht mehr nur um den Traktor.

Blaschke sagte: Ich weiß.

Mitzig sagte: Das Einstellen.

Blaschke nickte: Ist das wichtigste.

Pause.

Du wirst morgen zuerst pflügen, klar, sagte Blaschke, und dreh an den Schrauben bloß so rum. Der Pflug wird eingestellt sein.

Mitzig knuffte Blaschke in die Rippen und lachte.

Am Morgen staubte der Acker. Kein Wetter zum Pflügen. Die Bauern ließen die trockene Erde durch die Hände rinnen und schüttelten die Köpfe.

Beim Wettbewerb doch Betrug (Demokratie)

Zerkrümelt alles, sagte Blaschke. Wie soll ich messen. Gehn wir auf meinen Acker.

Blaschkes ehemaliges Feld drängte sich zwischen Wald und dem Drei-Eichen-Moor. Der Boden war schwer und torfig. Hier zerfielen selbst bei großer Trokkenheit keine Pflugschollen.

Mitzig lost, wer anfängt, sagte Blaschke und streckte beide Fäuste aus. Leere Hand fängt an.

Keiner überprüfte, ob Blaschke in der anderen Hand einen Stein hatte.

Die Bauern debattierten. Auf Mitzig setzte keiner. Einzig interessant schien, was aus Mitzig würde, wenn er auf die Art den Staatstraktor verscherbelte.

Littig stand abseits, die Angst verursachte ihm Sodbrennen. Am Ende würde es heißen: Wenigstens du, Genosse Littig, hättest das verhindern müssen!

Mitzig schraubte am Pflug. Er peilte und maß und ließ ihn in Blaschkes Einstellung.

Während Mitzig den Boden ritzt, frühstücke ich, sagte Pollke. Ich habe keine Zeit zu verschenken.

Er stopfte eine doppelte Schnitte in den Mund und schnappte einen Bierverschluß auf.

In das Gedröhn des Motors sagte Blaschke zu Mitzig: Zehn Furchen, keine mehr, klar! Halt auf die mittelste Eiche.

Mitzig ruckte an. Der Motor würgte an der schnellen Kupplung.

Pollke mit vollem Mund: Hoffentlich schafft er's bis zum Feld.

Ansonsten helfen wir schieben, grölte ein Bauer.

Mitzig senkte die Ackerschienen, klemmte das Lenkrad fest an die Oberschenkel und hielt auf die Eiche, in deren Krone kein Mitzig-Nagel steckte.

Aber gezwungen habe ich ihn, mich als Gegner anzuerkennen, dachte Mitzig.

selbst gleichwertig Gegner (Leitmotiv – Eiche)

Er wendete, schloß für Sekunden die Augen und sah auf seine Furche: Gerade.

Er lachte.

Pollke packte die Schnitten ein:

Verdammt saubere Furche. Wenn der das durchhält.

Raunen bei den Zuschauern: Am Ende doch der Mitzig?

Zehn Furchen standen. Mitzig rutschte vom Sitz. Seine Arbeitsjacke klebte am Rücken.

Blaschke verstellte den Pflug: Gleiche Bedingungen für jeden.

Pollke hantierte am Pflug. Die Bauern bestaunten Mitzigs Leistung. Einige pfiffen durch die Zähne. Pollke hatte in den vergangenen Minuten sehr mit Bemerkungen gespart.

Er ackerte. Seine Zunge klebte am Gaumen. In Feldmitte rutschten die Räder. Pollke hatte das Schar zu tief gestellt. Mit Moorboden fehlte ihm die Erfahrung.

Er änderte die Scharstellung. Nun kippten die Schollen nicht weit genug.

Mitzig bekam den Traktor zugesprochen und die Bemerkungen der Bauern obendrauf:

Immerhin, pflügen kann er!

Das schaffte mehr als der Besitz der Maschine.

Und Mitzig hatte bessere Parteipolitik gemacht, als die Beschlüsse es zuließen.

Marlene Mitzig hockt auf der Kante des Stuhles. Nicht einmal der Kunstlederbezug knarrt. Ihre Hände umschließen den Kopf. Die Ellenbogen schieben die Tischdecke zusammen. Auf der Kreuzstichdecke – Ergebnis langer Abende – liegt die Totenkeule.

Sie zwingt sich, die Todesanzeige ihres Mannes laut zu lesen.

Das Ticken der Standuhr hämmert in ihrem Kopf. Die Zeit hat ihr Maß. Auch der Tod ist ein Zeitmaß, denkt sie.

Marlene Mitzig steht auf und reibt ein Kribbeln aus dem rechten Bein. Sie schließt den Uhrenkasten auf. Seine Scheiben klirren leise. Sie hält das Perpendikel an.

Die Ruhe sickert in ihren Körper.

Der Satz: Heiner ist tot, vermag den Schutzschild des Bewußtseins nicht zu durchbrechen.

Mit den Händen fährt sie in das dichte schwarze Haar, das sonst ein langer Zopf bändigt. Die Augenlider zuk-ken. Sie will weinen.

Sie faßt nach der obersten ihrer Erinnerungen, dem Sonntag vor sechs Wochen:

Sie lagen im Bett, und er erzwang es. Das Licht hatte er angelassen. In seinem Rhythmus hüpfte die Lampe. Auf dem gerieften Lampenschirm entdeckte sie eine Bremse. Sie wünschte, daß die Bremse dem Mann in den Hintern stechen solle.

Marlene Mitzig erschrickt.

Der Mann wird fehlen. Der Winter ist nahe. Wer besorgt den Koks, und wer gräbt den Garten um.

Die Frau kramt tiefer in den Erinnerungen.

Wie er damals zum 1. Mai seinen Arm um sie legte.

Vor allen Leuten, die an der Schießbude und am Bierzelt Unterhaltung erhandelten, legte Heiner Mitzig den Arm um die Nelli-Tochter.

Mitzig zog Marlene zu sich heran und flüsterte in ihr knubbliges Ohr:

Du wirst die Frau des Bauern, der in Wuttkow über das meiste Land bestimmt.

Die LPG zählte bereits im Dorf.

Pollke hatte sich mit Marlene nur im Wald getroffen, an dem wilden Birnbaum. Er griff gleich unter den Rock

Bei Frauenwall auch Rivalität mit Pollke

und sah sich dauernd um. Anschließend gingen sie getrennt ins Dorf zurück.

Marlene wußte, sein Vater hatte ihm eingeimpft: Ein Bauer gibt sich nicht mit einem Habenichts ab.

Geld zu Geld und Boden zu Boden. Das bleibt ewig, sagten die Bauernväter.

Und Marlene als Tochter der Nelli schon gar nicht.

Wenn bei der die Mutter durchkommt, sagten die Leute. Deshalb gierte Marlene nach diesem Heiner Mitzig, diesem starken Mann.

Die Hochzeitsanzeige als Siegesfanfare im Gemeindekasten.

Die Wuttkower bestichelten Pollke: Läßt sich von dem das Mädchen wegschnappen.

Was war Besonderes daran, Nellis Tochter zu heiraten?

Nelli hatte früher im Wuttkower Waldbad die Fahrräder bewacht. Fünf Pfennige kostete das. Nelli radelte extra aus der Stadt herzu, von Mai bis September jeden Tag.

Hochbetrieb bedeutete 20 Fahrräder. Der Kundenkreis bestand hauptsächlich aus Ausflüglern. Die Wuttkower liefen das Stück.

Nelli war zu der Zeit Anfang Dreißig.

Das Gehirn erlaubte ihr keine Gedanken, die mehr als eine Gerade zwischen Anfang und Ende markierten. Was sollten die Augen für unnötige Bilder an Nelli senden. Sie verkümmerten. Eine dicke Brille entschärfte diese Abwehrreaktion ein klein wenig. Die Drahtbügel der Brille beschrieben eine zu große Kurve für die Ohren. Nelli errümpfte mit der Nase zusätzlichen Halt.

Fünf Pfennige von *der* Seite gesehen, ein stolzer Preis für Nelli-Sicherheit.

Nelli saß auf einem Stuhl vor den acht Holzbalken, die zum Anlehnen der Fahrräder dienten. Auf dem

Schoß hatte sie eine Geldkassette und eine Rolle Eintrittsmarken.

Jeder Kunde erhielt zwei Billetts, auf denen Nelli hinten handschriftlich die Tagesnummer festhielt. Eine dieser Karten mußte unter Nellis Augenschein zwischen zwei Speichen des Vorderrades geklemmt werden. Die andere Eintrittsmarke war für das Auslösen des Rades aus der Bewachung.

Die Dorfjugend trieb ihren Spaß mit der Wächterin.

Zum Beispiel:

Ein Wachtag zog sich in die Länge. Die Schwüle machte Nelli müde. Zwei Jungs bestahlen sie um ihre Wachobjekte.

Darauf ein Stadtherr: Wo ist mein Fahrrad!

Er trug einen Kaiser-Wilhelms-Bart in zwirbliger Vollendung, obwohl bereits der Oberlippenbart aufkam.

Nelli fühlte sich nicht angesprochen.

Respekt hing bei dem Mann mit Lautstärke zusammen. Er schrie und schubste Nelli.

Eh, laß ma, sagte Nelli. An een von die Ständer wird's schon stehen.

Sie wies mit dem Kopf zu den leeren Ständern. Ihre Augen schafften diese Entfernung nicht.

Der Herr spektakelte zum Bademeister.

Mit Badehose, Spitzbauch und Bieratem stellte der fest:

Alles an seinem Platze. Der Herr hat wohl zu lange in der Sonne gelegen.

Nelli verzog keine Miene. Sie wußte von vornherein, daß alles seine Ordnung hat.

Wer geht auf Entdeckungsreise hinter dicke Brillengläser und Einfalt?

Nelli nahm sich von zu Hause in einer Blechbüchse von Bullrich-Salz Schnitten mit und in einer beuligen Feldflasche Kräutertee.

Die Mittagshitze lieferte keine Kundschaft, also Pausenzeit. Ein Höhepunkt für Wuttkows Jungen.

Nelli klemmte sich die Rolle mit den Eintrittsmarken und die Kassette unter den linken Arm und unter den rechten Schnittenbüchse und Feldflasche. Sie strebte dem Abort zu.

Plumpsklo. Rechts für Männer, links für Frauen.

Nelli stellte den Deckel an die Seite, raffte das Kleid und hockte sich auf das Rund des Loches, daneben Schnitten und Tee. Und Nelli verband die eine Notwendigkeit mit der anderen; eine halbe Stunde lang.

In ihrem Rücken hatten Gucklüsterne vom Männerklo aus Löcher in die Bretterwand gebohrt. Es besuchte ja nicht nur Nelli den Ort.

Littig kam auf den Gedanken, das auszunutzen und Nelli von hinten mit einer Klistierspritze zu überraschen.

Nelli kicherte Brotkrümel aus dem Mund und rief in die Männerabteilung:

Pißt och nich' so dolle, dahinten!

Nein, Nelli war nicht zu ärgern.

Doch kam ein Tag, an dem ihr Lebenskreis gesprengt wurde:

Der Sommerabend brütete ein Gewitter aus. Die Dorfjugend war längst geflüchtet, die Badehosen als Standarte auf Stöcke gepflanzt. Ein Herrenrad lehnte noch am vordersten Balken. Nelli hielt aus.

Endlich trat aus dem Schatten einer Buche der Mann. Er baute sich vor Nelli auf. Die Augäpfel waren starr. Er fingerte an seinem Hosenstall.

Na, wie wär's! sagte er und versuchte, ihre Hand in seine Hose zu schieben.

Er faßte hart zu.

Nelli schrie.

Er wurde rasend und war über ihr.

Der Gewitterdonner maß sich an der bröckligen Nelli-Stimme.

Der bohrende Schmerz, die fingernde Hand und der Gewitterdonner wurden zu Wundstellen in ihrem Kopf.

Fortan jagte jedes Gewitter die Nelli.

Bei der geht's um, sagten die Leute.

Und: Wer weeß, wo se sich das Kind offgelesen hat.

Is' ja man bloß schlimm fürs Kind!

Und sie waren fertig damit.

Nelli benannte das Kind mit Marlene, weil die Dietrich von den Filmplakaten so wunderbar zu Nelli herablächelte.

Nelli zog mit dem Kind ins Wuttkower Dreschhaus. Sein Dach stippte bis zur Erde herunter. Die Vorfahren verbauten in diesem Haus Wuttkower Erdgeschichte: Findlinge.

Jeder Bauer mußte dreschen. Die Wirtschaftlichkeit drängte zum Zentralisieren. Einzuzahlen für den Bau hatte jeder Findlinge. Die Rechnung war einfach. Der größte Bauer sollte am längsten dreschen können. Der größte Bauer zu sein hieß, das meiste Land zu besitzen. Je mehr Land, um so mehr Findlinge. Deren Anzahl entschied über die Druschzeit.

So kam es zu dem Ereignis, das als Steenekrieg in die Wuttkower Geschichte einging. Für Knechte und Mägde eine fette Zeit. Sie erhielten zusätzlichen Lohn für das Bewachen oder Klauen von Steinen oder für beides.

Beim Abliefern meißelte der Polier in jeden Stein die Initialen des jeweiligen Bauern.

Die Findlinge des Pollke-Bauern ergaben einen Giebel. Dort, wo viele Jahre später Nelli und Marlene ihre Kammer hatten.

Mit Nelli wurde es schlimmer.

Bei Gewitter schloß Marlene die Mutter in die Kammer ein.

Wer weeß, ob bei die Marlene alles intakt is', sagten die Dorfleute.

Deshalb gehörte in Wuttkow etwas dazu, die Marlene zu heiraten.

Gleich nach der Hochzeit sagte Mitzig zu Marlene:

Ihr müßt raus aus Pollkes Steinen.

Wohin? sagte Marlene. In deine alte Kate?

Mitzig sagte: Wo denkst du hin. Keiner wird mehr in Katen wohnen. Wir bauen neu, modern, sozialistisch, groß und für alle gleich!

Mitzig fuhr zum Kreis. Dort hieß es über ihn: Der Mitzig schafft was. Der bringt uns vorwärts.

Hasenhuber stimmte ein in Mitzigs Forderung: Weg mit dem Unterschied zwischen Stadt und Land!

Eine gute Parole, fand Hasenhuber, eine sehr gute.

Hier stehen Klassiker dahinter, und die Partei spricht davon. Das ist niemals falsch!

Der Kreisarchitekt sagte: Den Fünfgeschosser aufs Dorf? Blanker Unsinn!

Sollte fremde Ideologie in ihm keimen? Ist er überhaupt der richtige Mann für die Verantwortung? fragte Hasenhuber.

Der Architekt bekam Angst. Schließlich dachte er: Ich wohne weder in Wuttkow, noch muß ich in den Neubaublock. Er unterschrieb.

Eine Unterschrift ist mitunter das billigere.

Für die Wuttkower blieben zwei Dinge zu tun: den Baugrund zu schaffen und Möbel an die Wände zu stellen. Selbst das Tapezieren übernahmen die Bauleute.

Weg mit den Unterschieden!

Den Tiefbau, ein festes Fundament, sollte Mitzig absichern. Dafür waren Steine nötig.

Woher?

Das Dreschhaus!

Abtragen der Symbole der Pollkes, sagte Mitzig.

Blaschke schüttelte den Kopf: Das Dreschhaus gehört zu Wuttkow.

Zum alten, Blaschke, sagte Mitzig. Alles beginnt neu, beginnt jetzt.

Mitzig riß das Dreschhaus ab. Das Fundament des Neubaus legte er tiefer als gefordert und füllte es mit den Findlingen.

Damit alles fest steht, sagte er zu Pollke.

Der stand am Rand der Baugrube und stippte mit der Stiefelspitze ein Steinchen hinunter. Es klickte auf einen Findling, der das Pollke-Zeichen trug.

Pollke sagte: Aber für euer Fundament braucht ihr uns, drehte sich um und ging. Für Mitzig blieben die herausfordernden Blicke der Wuttkower.

Mitzig fuhr die Dreschhaussteine aus der Baugrube in ein Kiesloch und besorgte Schlacke vom Eisenwerk.

Wir kommen ohne Vergangenheit aus, sagte er in einer Versammlung.

Blaschke schüttelte den Kopf und sagte: Ja, ja!

Für die Baustelle des Wohnblocks malte Mitzig ein Bild in Ölfarben, um über das Zukünftige zu informieren.

Der Kran reckte seinen Giraffenhals in den Frühling. Oben, auf dem Führerhaus, wehte eine rote Fahne. Unten stand Mitzigs Bild: in grellen Farben das Haus mit Blumenkästen, eine betonierte Straße und lachende Gesichter. Wohin man sah, lachende Gesichter.

Einzug in den Neubau.

Die Zeitung schickte einen Bildreporter, mehr war nicht vonnöten. Der Redakteur kannte Einweihungsfeiern und schrieb vom Schreibtisch aus viel sozialistischer.

Der Zeitungsfotograf hatte drei Fotoapparate, unzählige Filme und eine Haartolle, die ihm ins Gesicht fiel. Mit den Armen schubste er dauernd Leute zurecht.

Vor dem Rednerpult hing Mitzigs Ölbild.

Am nächsten Tag stürzten sich die Wuttkower auf die Zeitung. Jeder wollte sich auf den Reporterbildern wiedererkennen und sein Zeitungsgesicht auf Geburtstagsfeiern herumreichen.

Zwei Tage warteten die Wuttkower. Dann dieses: ein großformatiges Foto von den lachenden Mitzig-Gesichtern des Ölbildes.

Dabei hatten sich die Leute zur Einweihung Sonntagssachen angezogen, sich feierlich gebärdet und sogar am Abend vorher gebadet wegen des Reporters.

Dennoch, Wuttkow machte Schlagzeilen.

Wer jetzt von der Kreisstadt nach Wuttkow kam, mußte erst hinter den Neubaublock gucken, um das Dorf zu entdecken.

Im Haus machte sich der Alltag breit.

Der Littig wohnte neben Mitzig und fand den Hausflur kalt und unpersönlich: überall Ölfarbe.

Die Hausreinigung hatte bei Littigs der Mann zu erledigen, während sich die Frau rougte.

Ein paarmal lief das. Dann dachte er: Warum soll ich etwas saubermachen, was mir mißfällt?

Mitzig vermutete zuerst, Littig käme durcheinander, wann er dran sei. Mitzig bastelte aus Pappe ein Schild mit den Namen und einem Zeiger.

Er stellte die Uhr auf Littig.

Dort blieb sie stehen.

Marlene war nach Littig an der Reihe. Sie schimpfte über den Zweiwochendreck und den Schuhhaufen vor Littigs Wohnungstür. Mitzig klärte das so:

Er erkundigte sich bei der Littig-Frau, ob er ihre Schuhe gleich putzen solle.

Ha, ha! Habsch nischt dagegen, sagte die Littigen.

Da schaffte Mitzig die Schuhe in die gemauerte Aschengrube hinter dem Haus.

Beim Ausgraben der Schuhe gaben die Leute dem Littig von den Fenstern aus Ratschläge, wie er die Aschespuren vom Leder bekommt.

Mitzigs Hausordnungsuhr tickte bei Littig wieder weiter.

Im ersten Eingang des Neubaus, unter Mitzig, wohnte Hermann Zotte. Sein Gesicht überwucherte ein schwarzer Bart. Außerdem war an dem Mann alles kantig. Aus diesen Gründen ließ er sich gut porträtieren. Mitzig hatte das für sein Zukunftsölbild ausgenutzt. Der Zotte lachte darauf an zentraler Stelle. Dagegen gab es nichts einzuwenden. Er war Landarbeiter und für das Lachen im Sozialismus vorherbestimmt.

Zotte suchte im Neubaufeierabend nach Beschäftigung. Sonst hatte er seine Kaninchen. Die aber gehörten zum Überlebten.

Ich geh' mal auf 'n Bier zu Leibisch.

Das wurden Unheilworte für die schmächtige Frau von Zotte. Aus Angst davor hatte sie ständig feuchte Hände.

Die Lebenskraft der Frau reichte gerade für den eigenen Körper. Da gab es nichts mitzugeben für die beiden Kinder. Sie kränkelten.

Torkelte Zotte aus der Kneipe, stritt er mit der Frau und scheuchte sie in der Wohnung umher.

In der Kneipe kreisten seine Gespräche um die Kaninchenzucht. Er verteilte Ratschläge. Die wollte keiner, oder man zog ihn damit auf. Danach sagten sie:

Mann, ham wa heute den Zotte wieda mit seine Karnickel vaarscht.

Eines Tages fand die Frau beim Waschen in Zottes

Arbeitsjacke einen zerknautschten Zettel mit einer Zeichnung darauf. Obendrüber stand in seinen ungelenken Druckbuchstaben:

BAUPLAN NR. 2 FÜR KARNICKELSTALL

Jede Linie war mit einem Lineal gezogen und mit Maßpfeilen versehen. Hintendrauf die Kostenrechnung.

Bei der erschrak die Frau über die Summe. Dann rechnete sie anders: knapp fünf Monate Kneipengeld.

Sie ging mit dem Zettel rauf zu Mitzig.

Dein Mann war schon da, sagte Mitzig. Wie soll das passen zu einem modernen Bau, diese Kleinbauernklekkerei. Und wozu! Die Landwirtschaft ist sozialistisch, die schafft alles allein.

Die Frau sagte: Aber er hat's nu' mal mit die Karnickel!

Das ist Erziehungssache, sagte Mitzig.

In dem Neubau war unter der Treppe eine leere Nische. Gucksch, sagten die Leute dazu. Daraus drangen Wochen nach dem Gespräch Mitzigs mit der Zotte-Frau nadlige Gerüche. Mitzig dachte an Stallarbeitssachen, die jemand dort ablegte. Bis er Zotte mit einer Tasche voll Maistöckchen in der Bucht verschwinden sah.

Mitzig erkundete eine Box mit zwei Kaninchen. Das duldete er nicht:

Hier macht nicht jeder, was er will!

Zotte blieb hartnäckig.

Mitzig besann sich auf das Ölbild, das an seiner Kellerwand lehnte. Er vernagelte damit die Nische.

Das lachende Zotte-Gesicht auf dem Bild guckte in das Dunkel des Abstellraumes.

Krandis ist der ABV von Wuttkow.

Ein glänzendes Metallschild an dem schieflattigen Zaun vor dem Häuschen zeigt das an.

Der Polizist ist freundlich.

Das schlägt manchmal in Hilfssucht um und verärgert die Frau.

Der Große von Nachbars fragte einmal bei den Krandis' nach einer Bügelschnur. Sein Bus zur Tanzstunde fuhr bald. Krandis zog die Schnur aus dem Backwunder. Der Napfkuchen fiel zusammen.

Ich back dir nischt mehr, sagte die Frau. Laß dir von die Leute deinen Nappkuchen machen!

Zwei Wochen hielt sie durch.

Den Polizisten beschäftigt die Mitteilung über Mitzigs Tod. Er tippt mit zehn Fingern auf einer Adler-Schreibmaschine. Das ist für das Berichts-Deutsch zu schnell. Krandis stelzt über die Sprache, weil die nicht aus seinem Kopf kommt. Bei »Hergang« stockt er. Es widerstrebt ihm trotz der vielen Dienstjahre, aus Mitzig einen Amtshergang zu machen.

Leicht hatte es der Mitzig nie, ruft er zur Frau in die Küche. Aus dem Gespräch wird nichts, die Frau ist mit der Totenkeule unterwegs.

Krandis schiebt die Schreibmaschine weg. Tja, der Mitzig ...

Mitzig holperte mit dem Futterwagen auf die LPG-Wiesen hinter das Dorf. Vor der einstigen Pollke-Wiese hielt er.

In dem Futter knisterte Junihitze. Das Pferd rupfte Gras und schüttelte Fliegen und Bremsen ab.

Heuwetter!

Die Wiesen müssen runter, dachte Mitzig, fangen schon an zu blühen. Pollkes ist die beste, die zuerst.

Es war ein Sonntag. Mitzig war beim Bauernfang leer ausgegangen.

Sonntag arbeeten, hatten die Wuttkower Bauern gesagt, das is' wie vor die El Pe Ge. Wo liegt da dis Bessere?

Mitzig arbeitet allein am Sonntag

Littig hatte es ökonomisch begründet: Unser Verbündeter, der Staat, kauft für uns Getreide, steht in der Zeitung. Davon werden die Bullen fetter als vom dürren Heu.

Juschko hatte gesagt: Du hast erzählt, für alles bauen wir Maschinen.

Wir warten!

Mitzig wetzte seine Sense und begann zu hauen. Einen Schwaden runter zu, einen hoch zu.

Er besah sich den Wiesenrest und dachte:

Wie wenig ist ein Mensch.

Gleichmäßig fautschte die Sense durchs Gras.

Keiner hatte die Blumen aus der Wiese gespritzt. Glockenblumen nickten und Wiesenschaumkraut. Einen Fleck Margeriten pflückte er für Marlene ab. Die hatte es bei der Schwüle mit Nelli besonders schwer.

Mitzig begriff sich an diesem Tag unter dem Bogen der Himmelsweite auf der summenden und duftenden Wiese als Weltenteil.

Und er ahnte, warum er lebte.

Das Leben ist eine Herausforderung. Für Mitzig hieß sie in dem Augenblick: Heu.

Die Sonne stach durch das Arbeitshemd. Mitzig haute gern. Hierbei kehrte sich sein Körperfehler, die langen Arme, in einen Vorteil um. Das Bücken fiel weg.

Aufrecht stehend genoß es Mitzig dann, wenn andere das schmerzende Kreuz gerade bogen.

Was ist ein Triumph ohne Bewunderer?

Aber interessierte das die Grashalme, die im Winde wellten? Wie unvollkommen ist der Mensch.

Mitzigs Haufreude war vergällt. Er sehnte sich nach Gründen, die ein Unterbrechen rechtfertigten.

Er überschattete die Augen und stützte sich auf die Sense. Zwischen den Feldern entdeckte er einen grünen Punkt. Der wurde ein Polizist mit Fahrrad: Krandis.

Schon war der offene Uniformkragen zu unterscheiden, eine Mißachtung der Dienstvorschrift.

Krandis ließ das Rad ausrollen. Zum Anhalten benutzte er das rechte Bein als Anker. Dreimal stippte er damit auf, bis er stand.

Ganz alleene, sagte Krandis und begann, sich in die Heuangelegenheit der LPG zu verstricken.

Der Rest feiert Sonntag, sagte Mitzig.

Was sich der neue Bauer alles leistet, sagte Krandis.

Er hängte das Koppel mit seiner Dienstpistole über den Lenker. Er traf ohnehin am Schießstand nie. Die Hände zittern von meiner Zeit im Steinbruch, begründete er. Obwohl er wußte, daß es an den Zielscheiben lag.

Der Polizist warf die Uniformjacke über den Gepäckträger und wurde immer mehr Krandis.

Im Schatten eines Holunders schluckte jeder einen Hieb aus Mitzigs Feldflasche.

Der Strauch hatte seine Dolden nach Bienen aufgestellt, wie Radarschirme.

Der würzige Kräutertee und der schwere Holundergeruch hielten Krandis fest.

In Mitzigs Gesicht hatte der Schweiß Spuren gezeichnet. Er wischte mit dem Ärmel über die Stirn.

Was machen wir verkehrt, sagte er.

Krandis' Augen sahen nach einer Schäfchenwolke.

Vielleicht sind die Ziele nicht greifbar genug, sagte er. Sein Seefahrertraum stachelte ihn an:

Im Meer verschwindet das Ziel hinter dem Horizont. Je weiter du fährst, um so weiter rückt er. Alte Weisheit. Wie soll nun einer merken, ob es vorwärts geht.

Sie philosophierten noch ein wenig. Aber sie kannten lediglich Wuttkow und ein bißchen drumherum und tappten also im dunkeln.

Keiner zerschnitt das Gezirpe der Grillen.

Erst Heu, dann Theorie, sagte Mitzig und klopfte Grashalme von Hose und Hemd.

Er hielt Krandis eine Sense aus dem Wagen hin. Es gab keine Möglichkeit, das mißzuverstehen.

Krandis streifte das Unterhemd ab. Wenigstens Bräune als Lohn.

Seine Sensenspitze hakte öfter in die Erde und klemmte fest. Die Stoppeln waren bei ihm fransig und in ungleicher Höhe. Krandis' schwitzender Körper knüpfte mit dem Weltenraum Verbindung. Von überallher flogen ihn Bremsen und Mücken an. Die stachen und schwirrten und krochen sogar in die Nase.

Krandis klatschte auf dem Bauch nach einer Bremse, derweil ihn weitere auf dem Rücken angriffen.

Krandis rannte davon und ließ seine Geruchshülle neben der Sense. Die steckte in einem Maulwurfshügel. Es herrschte Verwirrung unter dem Getier. Aber nach kurzer Zeit lockte eine neue Krandis-Hülle.

Er schlüpfte auch aus ihr.

Im Hasen-Zickzack floh Krandis zum Fahrrad. Er klemmte seine Sachen auf den Gepäckträger. Er radelte so schnell, daß die Kette gegen den Schutz schlug.

Der Mittag flimmerte über der Wiese.

Die Krandis-Schlucke aus der Feldflasche fehlten Mitzig. Zu Hause wartete Marlene mit dem Kaßler. Seinetwegen gab es Klöße dazu.

Genug Gründe fürs Davonlaufen.

Die Schwaden von früh hatte die Sonne ausgegrünt. Sie zogen bleich die Mitzig-Spur nach.

Mitzig nahm den Bogen mit der Sense nicht mehr so voll und dachte lediglich noch von einem Schwaden zum nächsten. An den Händen brannten Blasen. Die Zähne raspelten über den trockenen Pelz der Zunge.

Die zwölf Schläge der Wuttkower Kirchglocke riefen

am Sonntag zum Mittagessen in die gute Stube, an den Altar der Gottheit Familie.

Mitzig blieb.

Plötzlich narrte ihn ein blechernes Kratzen, wie von einem Wetzstein. Mitzig strich mit der Hand über die Haare und lauschte.

Wieder das Geräusch.

Mitzig drehte sich um. Am Wiesenrand wetzte Pollke eine Sense und rief:

Weil meine Wiese zu schade zum Vergammeln ist!

Der Pollke! Ausgerechnet der Pollke.

Seine Wiese? Seine Zeit ist vorbei.

Nichts von wegen deine Wiese, sagte Mitzig. Das ist El-Pe-Ge-Wiese! Ich habe dich für den Stall eingeteilt. Dabei bleibt's.

Pollke zog dennoch mit der Sense kraftvoll einen Halbkreis. Er holte erneut aus. Da stellte sich Mitzig vor ihm auf und schrie:

Du nicht!

Pollke schulterte die Sense und ging.

Von der Wiese blieb ein Morgen auf dem Halm.

Noch Wochen danach rumorte das Krandis-Gespräch in Mitzig. Ja, die Nahziele!

Im LPG-Büro türmten sich auf Mitzigs Schreibtisch die Aktenordner. Mitzig fehlte die Zeit, um bestimmte Schreiben bestimmten Akten zuzuordnen. Eine Schreibkraft konnte sich die LPG nicht leisten. Aber in ein Büro sollten Aktenordner und in die der Schreibkram: Anweisung vom Kreis.

Für Mitzig lag der Ausweg bei Nelli. Es machte ihr Spaß, die vielen Blätter zu lochen und in die Ordner zu verteilen. Das Prinzip entsprang augenblicklichen Eingebungen und war von keinem nachvollziehbar, auch von Nelli nicht.

Was Mitzig täglich benötigte, das war ein Zettel mit zwei Spalten: links Soll, rechts Ist.

Die Zeile »Milch« brachte seine Nasenflügel zum Zukken, seit Monaten schon.

An dem Kuhstall fehlten die Fenster. Tischler Bolze hatte noch an der Ehrentribüne zum 1. Mai zu nageln.

Es zog daher in dem Stall. Den Kühen tränten die Augen. Mitzigs Milchzahlen wurden kleiner und kleiner und die Telefonate mit Hasenhuber vom Kreis länger und länger.

Mitzig wußte, an dem neuen Stall lag es nicht allein. Die Rechnung: gemeinsames Eigentum ist gleich gemeinsame Verantwortung ging nicht auf.

Juschko stiefelte ins Büro, hemdsärmlig und mit Schürze. Er hatte sich nach dem Melken mit heißem Wasser gewaschen, das von Händen und Armen verdampfte und sich in den Stallgeruch mischte.

Wieder weniger Milch, sagte Juschko. Wozu El Pe Ge. Meine Kühe hatten ein Drittel mehr Milch. Am Ende springt für niemand was raus. Fürn Staat nicht, und mir fehlt's am Geldtag.

Mitzig sagte: Verlange ich von dir, einmal am Tag zusätzlich zu füttern, führt kein Weg dahin.

Juschko sagte: Du erzählst bloß immer, der Sozialismus ist besser.

Er winkte ab, griff nach der Türklinke und sagte:

Meinetwegen, einmal am Tag mehr füttern!

Die Tür plauzte.

Mitzig rieb sich die Nase, ging ans Bürofenster und schnüffelte nach Nahzielen im Dorf herum.

Es war Freitag, und Wochenendvorfreude nistete in Wuttkow. Mitzig pfiff ein Blasmusikstück. Vergaß er sich, sprudelte sein Mund laut als Trompete.

Es war 16.00 Uhr.

Der Kneiper Leibisch steckte ein neues Faß an: Wochenendgeschäft.

Vor Mitzigs Fenster standen Frauen unter dem gelben Haltestellenschild und warteten auf den Bus.

Freitag war Einkaufstag. Wuttkow hatte keinen Konsum.

Frieda Lärke saß auf der Holzbank und blies Luft aus den Backen. Sie war sehr schnell zum Bus geerpelt, aus Angst, Gesprächsthemen zu verpassen.

Frieda beugte sich in Richtung der Frauengruppe, damit keine Schallwelle an ihrem Ohr vorbeisummte. Das Holz knackte bei der Gewichtsverlagerung von einer Gesäßhälfte auf die andere.

Littigs Frau, mit roten Fingernägeln und Cologneduft, bemühte sich, Distanz zu halten zu den gewöhnlichen Leuten. Allerdings nur so weit, daß sie noch jedes Wort verstand. Sie hatte freitags zu repräsentieren, was Kosmetik vermochte, und sie hatte mitzuschnauzen bei dem Gemeckere, daß jedes Brot kilometerweit nach Wuttkow geschleppt werden mußte.

Die Leute begegneten der Littig-Frau mit einem Klacks Hochachtung: man kann nie wissen, vielleicht wird se doch mal was Beßres, bei die Gerüche.

Juschkos Frau walzte das Deutsch breit und sprach trotzdem immer und laut.

Sie knatschte: In den Zeituungen steht geschriiben, Gleiichberächtigung fiir die Frauen. Guckt eich um in Wuttkow. Kneipe fiir die Määnner, und fiir die Frauen is' ei Laden zuviel.

Der einzige, in dessen Gegenwart die Juschkon schwieg, war der Busfahrer. Mitzig kannte die Geschichte und klopfte sie zum x-tenmal nach Verwendbarkeit für seinen Umgang mit der sorbischen Bauersfrau ab:

Sie hatte im Bus wegen der Schüttelei debakelt. Der

Fahrer spuckte auf die Fingerspitzen, klebte eine Haarsträhne hinter das Ohr und schrie:

Schnauze, sonst läufste!

Kein Wort mehr von der Juschkon im Bus.

Sie bekämpfte den Busfahrer auf einem umständlichen Beschwerdeweg, der mit einer Aussprache endete.

Der Fahrer hatte sich zu entschuldigen und tat das in aller Form im Beisein seines Chefs.

Sie sagte: Daas iss scheeene!

Beim Gehen sagte der Fahrer: Aber denke nächstens dran. Schnauze, sonst läufste!

Freitags am Bus gab es auch solche wie die Kuscherova.

Sie stand still in ihren schwarzen Röcken und lauschte. Kam der Bus, ging sie nach Hause. Das Einkaufen erledigte die Tochter.

Die Kuscherova war Umsiedler und trug ausschließlich Schwarz und nahm an jeder Beerdigung in der Umgebung teil.

Das war in ihrem ehemaligen Dorf so Sitte. Nur gab es dort mehr Umgebung und weniger Dorf.

Die Kuscherova hatte also nichts zu lachen. Ihre Tochter glich das aus.

Mitzig hatte das Nahziel: ein Konsum in Wuttkow!

Gänzlich ohne Versorgung war Wuttkow bis dahin dennoch nicht.

Neben dem Löschteich betrieb Jan Rohschott eine Fleischerei.

Rohschott verkaufte in zwei Richtungen. Im Laden vier Tage in der Woche für zwei Stunden und an der Hintertür ganztags.

In den Laden paßten vier Kunden, ein paar Fliegen und die Fleischersfrau. Die beanspruchte ebensoviel

Platz wie die vier Kunden. Sie hieß Josephine. Der Mann rief sie Fieni.

Mit einem Ping-Pong kündete die Ladentür von einem Kunden. In dem Fall war es die Littig-Frau. Der Ruf verhallte in dem Geruch nach Grützefülle und Wurstbrühe.

Die Littig-Frau kam nach Schnitzeln, schön mager und saftig. Für ihren Mann. Am Essen soll's dem Mann nicht fehlen. Sie hustete. Es blieb still hinter der Tür, auf der ein Emailleschild verkündete: Für Kunden verboten.

Die Littigen wedelte mit der Hand über dem Stück Schnitzelfleisch. Das versetzte die Fliegen in Unruhe. Mit Gebrumm wechselten sie auf das Rindfleisch über. Der Tausch gefiel ihnen, sie rieben mit den Hinterbeinen die Flügel.

Jetze wird mirsch zu bund, sagte die Littig-Frau und pendelte mit der Tür das Ping-Pong der Ladenglocke heiser.

Das weckte ein langgezogenes Schlurfen, und aus der Für-Kunden-verboten-Tür quollen ein Schnaufen und ein Bauch:

Jessus, Maria, wer bimmelt denne so wilde!

Die Josephine erkannte die Littigen und wollte etwas erfahren über die Wuttkower Männer. Sie setzte sich auf einen Hocker und floß auseinander.

Klappt bei den Mitzigs woll nicht mehr so? fragte Josephine.

Die Littigen erkannte ihre Chance. Sie erzählte und erfand.

Die Fleischersfrau scharrte die Worte wie eine Glucke unter sich. Beim Lachen schwabbelte es unter der Schürze. Die Augen guckten lüstern und waren ganz woanders, weg auch von Jan Rohschott, auf der Suche nach etwas Kräftigerem.

Josephine sagte von ihrem Mann: Ausgelaugt wie a

Briehknochen. Die Leute setzten eins drauf und sagten: Knochen, wo de die Fieni das Mark ausgelutscht hat.

Endlich klatschte die Fleischersfrau das Schnitzelfleisch auf das Schneidebrett und säbelte daran herum. Die dunklen Fingernägel vergrub sie tief in das Fleisch.

Das Messer flutschte.

Sollingen, sagte Josephine.

Scharfe Messer gehörten unbedingt in ihr Bild einer geordneten Welt. Das Messerwetzen und das Verkaufen im Laden waren das einzige, was sie mit der Fleischerei zu tun hatte. Durch die Hintertür verkaufte Rohschott selber.

Die Littigen erhielt ein Paket gekochten Schinken als Männerzugabe. Sie nahm sich vor, nächstens einen Zakken schärfer zu erzählen, damit es mal für Leber reichte.

Außer der Fleischerei gab es noch eine Versorgungseinrichtung in Wuttkow: den Mostrichmann.

Er handelte mit Hilfe eines blauen Dreiradlieferwagens. An der Fahrerkabine hing eine Handhupe. Mit der quietschte er die Leute heran. Der Mann roch nach Pfefferminze. Die Tontöpfe seiner Kunden füllte er mit einem geschnitzten Löffel.

In den Monaten ohne »r« pausierte der Mostrichmann, weil da dem Meerrettich die Schärfe fehlt.

Vor beinahe dreihundert Jahren setzten die Wuttkower die dicktürmige Kirche in die Landschaft.

Fuhren Mitzig und Marlene von der Stadt nach Hause, wetteten sie, wer zuerst den Kirchturm entdeckt.

Als günstigster Standort für Mitzigs Konsum stellte sich der Platz zwischen Pfarrhaus und Kirche heraus, der, obwohl beides weit auseinanderlag, zum Kirchgrundstück gehörte.

Für das riesige Kirchgelände waren die Wuttkower nicht mehr gottesfürchtig genug und der Pfarrer Vogeler zu behäbig. So verhakten sich seine Gotteswege – vor allem, wenn er es sonntags verschlief und die Abkürzung zur Kirche benutzte – in Brombeergestrüpp und Goldrute, dieser Palme des Ödlandes.

Bürgermeister Wuschko sprach deshalb öfter beim Pfarrer vor.

Ein Schandfleck für den Ort, sagte Wuschko.

Pfarrer Vogeler hob die breiten Schultern, schickte Blicke in den Himmel und sagte:

Das ist Gottes Natur, guter Mann. Da erhebe *ich* mich nicht, Gottes Werk mit Schandfleck zu benennen.

Seine feingliedrigen Hände wurden Mauer gegen Wuschko.

Die Kirchgänger bemerkten die morgendliche Eile des Pfarrers an Brombeerranken, die am Talar hängengeblieben waren, und am Blütenstaub der Goldrute.

Einmal war sein Rücken übersät mit Kletten, und Frieda Lärke rief in die Andacht des Sonntagmorgens:

Unser Herr Pfarrer mit Soldatenknöppe!

In diesen Spannungsherd wollte Mitzig den Konsum bauen. Es lief wie erwartet.

Wuschko sagte zu Mitzig:

Da sollen wir dem sein Geröll wegräumen? Ohne mich!

Pfarrer Vogeler sagte: Sehen Sie, Herr Mitzig, das ist Grund und Boden der Kirche. Welches Interesse sollte die Kirche an einem Konsum auf ihrem Land haben? Der Herr Bürgermeister neigt ohnehin dazu, sich in meine Angelegenheiten zu mischen.

Mitunter sind für große Ziele nur ganz kleine Beine notwendig, um sie zu Fall zu bringen.

Wochen darauf schnitt Marlene auf der Marmorplatte in der Küche eine grüne Gurke. Die Marmorplatte und der Arme-Leute-Küchenschrank waren Marlenes Mitgift.

Mitzigs aßen in der Stube an einem runden Tisch. Nelli hatte ihre Schnitte in Fiederchen geteilt und wartete auf die Gurke. Sie schickte Mitzig in die Küche, nach Marlene zu sehen. Mitzig trat von hinten an Marlene. Die drehte den Kopf eine Idee nach ihm und sagte:

Na, mein Weltumkrempeler!

Über Mitzigs Nasenwurzel drohten Zornfalten. Weltumkrempeler sagte sie zu ihm, wenn er ein Vorhaben innerlich bereits für unausführbar abgestempelt hatte. Sie tat das, weil er im Eifer einmal gesagt hatte: Wir krempeln die Welt um und lassen uns nicht durch Kleinkram aufhalten.

Marlene lachte und entwaffnete ihn noch rechtzeitig, indem sie die vollen Lippen zu einer Schnute schürzte. Sie beugte sich weiter zu ihm nach hinten. Es war ein milder Abend. Der tiefe und offene Reißverschluß ihres Kittels klaffte auseinander.

Mitzigs Hände bahnten sich den Weg. Das Gesicht vergrub er in ihrer Haarfülle.

Da zupfte es am Ärmel seines Hemdes.

Wo bleibt ihr denne mit de Jurke!

Am Tisch kaute Mitzig laut. Marlene nippte an ihrem Kräutertee.

Habter euch gestritten? fragte Nelli.

Mitzig lenkte sich mit Konsum-Gedanken ab. Beim »Nein« des Pfarrers angekommen, dachte er plötzlich: Auch der Pfarrer ist ein Mensch, und ihn werden Leidenschaften durchziehen wie Sehnen das Fleisch.

Wer weiß darüber besser Bescheid als Frieda Lärke!

Außerdem hausierte Blaschke mit dem Spruch: Für Gutes kann man sich mit dem Teufel verbünden. Erst recht dann doch mit dem Pfarrer.

Frieda Lärke also, hinter dem Küchentisch grüne Bohnen schnippelnd.

Die über den Rand der weißen Emailleschüssel gehopsten Bohnenschnipsel bildeten auf dem Wachstuch des Tisches ein kräftiges Muster. Frieda hantierte mit einem dünnen Messer, dessen Griff pflasterumwickelt war.

In Arbeitszeug und nach Schweiß riechend, stand Mitzig in der Küche und wendete Gesprächsanfänge hin und her.

Gib och mal die Bohn' rieber, scheene eenzeln, sagte Frieda.

So erkaufte sich Mitzig einen Dableibensgrund. Zudem war das Bohnenreichen eine wichtige Stelle in der Technologie. Hier konnte Mitzig Friedas Arbeitsgeschwindigkeit steuern, und damit lag das Verhältnis von Reden zu Schnippeln in seiner Hand.

Nur mal so, sagte Mitzig, der Pfarrer, was macht der so?

Das genügte Frieda, den Zweck zu erkennen. Aber vor des Pfarrers Leidenschaften lagen die von Frieda Lärke.

Zum Beispiel die Hühner des Genossenschaftsbauern Juschko.

Die holten in Friedas Garten das Gelb in die Eier. Das ging auf Kosten des Salates, der höchstens fünf Blätter schaffte. Und Frieda aß gern Salat.

Sie hängte die Hände über den Schüsselrand und sagte:

Ein Zaun mit sone ganz eng' Maschen täte helfen. Aber wer noagelt den an?

Pause.

Mitzig versuchte, Zaun, Salat, Eier und Pfarrer der Linie Nahziel Konsum zuzuordnen.

Nu gib moa wieder Bohn' her, sagte Frieda.

Der Pfarrer . . ., sagte Mitzig.

Frieda fiel ihm ins Wort: Peh, der und noageln.

Das Gespräch war an dem Zaun festgehakt.

Endlich hatte Mitzig die Linie gefunden.

Er sagte: Den Zaun, Frieda, den mach ich dir!

Er stoppte die Bohnenzufuhr.

Ja, ja, sagte Frieda, und ihr Messer zackte die Luft, jeder hat so seins. Der Pfarrer zum Beispiel ärgert und ärgert sich iiber die scheene Kirchturmuhr, weil die doch seit'm Kriege stillestehn tut. Keener nich' schafft, se zu reparier'n.

Die Kirchturmuhr! Das war's!

Von Uhren verstand Mitzig seit seinem Jugendalter etwas.

Mitzig klopfte leise an des Pfarrers Türscheiben.

Mitzig kam vom Melken. Das zusätzliche Füttern zahlte sich aus.

Er klopfte nochmals, heftiger. Die Scheiben klirrten. Drinnen quietschte eine Tür, und es wurde laut gegähnt.

Pfarrer Vogeler öffnete. Seine grauen Haare fitzten. Mittagsstunde!

Die Gottesdienste sind öffentlich, Herr Mitzig, sagte Vogeler.

Er dachte: Dieser Mensch ist lästig mit seinem Konsum. Ohne die Zugabe von dem sonst üblichen Lächeln fügte Vogeler hinzu:

Sie bemühen sich unnütz. Ich lasse von mir hören, sollte ich den Konsum befürworten. Auf Wiedersehen, Herr Mitzig!

Mitzig sagte: Es ist ja bloß wegen der Kirchturmuhr, Herr Pfarrer.

Die Kirchturmuhr!

Der Schlaf fiel aus den Augen des Pfarrers.

Die würde ich reparieren, sagte Mitzig.

Sie?

Vogeler witterte Tauschhandel. Er fragte nach:

Die Bezahlung? Wofür?

Aus Bastlerleidenschaft, Herr Pfarrer.

Sollte der Mitzig die Uhr in Gang bekommen? Zwei Mechaniker hatten bereits die Kollekte aufgebraucht.

Nicht nehmen ist Faulheit, Herr Pfarrer, sagte Mitzig in die Überlegungen von Vogeler.

Des Volkes Spruchweisheit, sagte Vogeler, man muß sie mehr beachten.

Natürlich war dieser Spruch nichts für des Pfarrers Öffentlichkeitsarbeit.

Mitzig nutzte die Zeit sonntags nach dem Füttern für die Reparatur der Kirchturmuhr. Da hatte der Gottesdienst bereits begonnen. Damit er den nicht störte, gab ihm Vogeler die Schlüssel für den hinteren Aufgang zum Turm.

Mitzig besah sich von oben die Gottesdienstler. Er staunte, wie viele Menschen dort unten zwischen den Bänken hockten. Sonntags und ohne Bezahlung und ohne Zuschläge.

Ginge es nicht um den Pfarrer und den Gottesdienst, wäre das ein rechtes Beispiel für die Zeitung.

Wie auch alle mitsangen! Er erinnerte sich an eine LPG-Versammlung, an der ein Bezirksgast teilnahm: Hasenhuber, der Vorbereiter vom Kreis für die Versammlung, hatte das Absingen eines Kampfliedes angeordnet. Mitzig vermutete jetzt, daß der Bezirksgast in der Vorder-Zeit Kirchgänger gewesen sei, denn der hielt damals allein alle Strophen durch.

Mitzig lernte beim Gottesdienst viel dazu.

Überhaupt, ein Genosse beim Gottesdienst. Mitzig fühlte sich privilegiert. Bis er den Genossen Staches auf der Kirchbank entdeckte. Den kannte er von einem Vortrag her. Der Mann war gleich nach seinem Parteibeitritt Abteilungsleiter der Maschinenfabrik geworden.

Wir vergeben Sünden, sagte Pfarrer Vogeler.

Der Berührungspunkt Uhr ließ Mitzig und Vogeler die menschlichen Seiten aneinander erkennen.

Es ergaben sich Unterhaltungsgründe.

Früher, sagte Mitzig, reichten wohl die Bänke der Kirche nicht aus. Die Mägde, die standen. Wenigstens erzählte es so meine Mutter. Wen würden Sie heute stehen lassen? Na, die Sorgen sind Ihnen genommen, Herr Pfarrer.

Das ist, sagte Vogeler, wie auf Ihren Parteiversammlungen. Es können nie genug sein. Der Unterschied ist, Herr Mitzig, berichte ich darüber nach oben, schaut *mein* oberster Herr auf mich herab.

Sie können berichten, was Sie wollen.

Außerdem, wo kann er, der Pfarrer, schon seine Losungen anbringen. Höchstens doch am Pfarrhaus, und dorthin kommen solche, die ohnehin am Sonntag in der Kirche sind.

Ein Ort müßte es sein für Ihren Schaukasten, sagte Mitzig, an den jeder Wuttkower mindestens zweimal die Woche geht.

Den Pfarrer verwunderte nun doch das Verständnis. Er hob fragend die Augenbrauen.

Mitzig brachte die Sache auf den Punkt:

Also ein Laden, Herr Pfarrer!

Angenommen, Sie stimmen dem Konsumbau zu, könnte keiner was sagen, wenn Sie – meinetwegen auf der rechten Seite vor dem Eingang – einen Anschlagkasten anbringen. Schließlich ist es Kirchengelände.

Das leuchtete Vogeler ein.

Die Formel hieß für ihn: Ladengenehmigung gegen Propagandamöglichkeit.

Er genehmigte den Konsumbau.

Das Recht mit dem Anschlagkasten nutzte Pfarrer Vogeler weidlich. gegenseitiges Verständnis

Bürgermeister Wuschko zog auf der linken Seite gleich.

Fortan wetteiferten sie mit den Losungen ihrer Heiligen, und die Leute gingen dazwischen hindurch.

Die hakennasige Witwe Kellert hält die Totenkeule in den Händen.

Zur Witwe sagen die Leute: a dirres Männel. So heißen die vertrockneten Äste, die Wuttkower Frauen im »Pusch« sammeln. Das Männel bei der Witwenbenamsung stört nicht, das Gegenteil ist zu versteckt.

Ihr Mann ist in Gefangenschaft geblieben, sagte sie. Daher reichte sein Leben nicht einmal zu einem ›für Führer, Volk und Vaterland‹.

Josephine Rohschott hatte in den ersten Jahren nach dem Krieg Trost gespendet und Fleischpakete. Als sich die Witwe wieder umsah nach Männern, war sie schon zu »dirre«.

Sie erledigt in Wuttkow die Postgeschäfte. Deshalb hat sie ein Telefon. Dieses Privileg haben nur noch der ABV und Mitzigs. Die anderen hören im Fernsehen von der wissenschaftlich-technischen Revolution.

Bei der Witwe ist das Anrufen jederzeit möglich. Wird sie aus dem Schlaf geklingelt, zieht sie sich einen Trainingsanzug über das Nachthemd.

Sie lauscht niemals. Ebenso liest sie keine Briefe und Karten. Die Geschichte mit dem Floh im Kuvert hat bei ihr keine Chance. Aber, wer arbeitet heutzutage noch auf Flohbasis.

Der Postwitwe genügen die Absender. Die unterliegen keinem Postgeheimnis.

Die Witwe Kellert stellt die Totenkeule ab. Sie geht ins Haus, in das Postzimmer, um ihrer Freundin Josephine Rohschott ein Telegramm durchzugeben: Mitzig tot.

Die Rohschotts erreicht die Totenkeule nicht mehr. Das hängt auch mit Heiner Mitzig zusammen.

Über den Schaukästen des Konsum-Eingangs verkündete eine Leuchtschrift: EINKAUF MITTE.

Die Wuttkower rätselten, wie zwischen der Fleischerei Rohschott und dem Mostrichmann mit seinem Dreirad die Mitte festgestellt wurde. Sie hatten gelernt weiterzudenken und deuteten es so: Der Konsum ist der Mittelpunkt für die Dorffrauen, weil hier alles besprochen wird.

Die Leuchtschrift versiegte Buchstabe für Buchstabe. Spatzen bauten im »M« ihr struppiges Nest und bekleckerten die Terrazzoplatten vor dem Eingang.

Die Verkäuferin weigerte sich, das aufzuwischen:

Ich? Ich doch nicht!

Die Verkäuferin war die Littig-Frau.

Wuttkows freiwillige Feuerwehr hob das Nest aus. Das dauerte zwanzig Minuten. Die Auswertung der Übung in Leibischs Kneipe zog sich in die Länge: Die Littig-Frau hatte zwei Flaschen Klaren spendiert.

Zum Ärger der Feuerwehrmänner nahmen die Spatzen die Vertreibung übel und boten keinen Anlaß mehr für Übung und Auswertung.

Sie griffen zur Selbsthilfe. Eines Nachts verpflanzten sie ein Spatzennest von Juschkos Dachrinne in die Leuchtschrift.

Die Littig-Frau schlief aller zwei Tage mit Lockenwicklern. Littig durfte sie im Bett dann nicht drücken.

Wo ich nu eine öffentliche Frau bin, sagte sie zum Mann.

Im Laden trug sie weiße Kittelschürzen aus Nylon. In den Haaren saß – wie die Sahneverzierung auf Torten – ein Rüschchenkranz.

Die Knöpfe der Schürze sperrten. Manchmal vergaß sie, einen oder zwei zuzumachen.

Immer mehr Männer holten ihr Bier selbst im Konsum.

Wollt bloß der Littigen auf'n Arsch gucken, sagten die Frauen.

Sie meckerten an den Verkaufsgewohnheiten der Littig-Frau herum:

Mit ihre roten Nägel packt sie die Käsescheiben an. Schmääckt alles nach Laack, sagte die Juschkon zum Mann.

Sie wickelte den Käse aus dem Pergamentpapier und klatschte ihn auf einen Teller. Juschko sah auf den Käse und sagte:

Der schwarze Daumen ist aber von dir.

Die Littigen versöhnte die Frauen durch Mitgaben, denn bei den Männern bückte sie sich zum Regal hinter dem Ladentisch nach Extrapaketen.

Manche Männer stellten sich dabei auf die Zehenspitzen. Da bückte sie sich besonders gründlich. Diese Männer rückten auch mal im Lagerraum die Kartoffelsäcke zurecht.

Fleischwaren führte der Konsum nicht, erst später brachte die ein Beschluß: Kauft beim staatlichen Handel.

Mitzig erhielt den Parteiauftrag, diesen Beschluß in Wuttkow durchzusetzen.

Er spürte bald unmittelbar die Auswirkungen vom sozialistischen Handeln, denn Marlene tauschte die Bestellpäckchen bei Rohschott gegen das Angebot im Konsum. Das bedeutete: Beschränken auf das Nötigste.

Mitzig disziplinierte sich und Marlene: Die Partei weiß alles besser.

Er startete seinen Kreuzzug gegen den Privatfleischer

bei Blaschke. Hier hoffte er, nicht viel bekehren zu müssen.

Blaschke sagte: Ja, ja und schüttelte den Kopf. Alles blanker Unsinn.

Das Zett Ka hat das beschlossen, Genosse Blaschke. Du bleibst hinter der Zeit zurück, sagte Mitzig.

Seit dem Gespräch demonstrierte Blaschke seinen Einkauf bei Rohschott. Josephines Honorarpakete ignorierte er.

Die Leute sagten: Alle sind se doch nich' so varickt.

Bürgermeister Wuschko bremste Mitzig: Wenn es fernab donnert, dringt nur ein Grollen zu uns.

Mitzig versprühte beim Reden Wuttröpfchen: Donnert es in unserer Partei fernab, rummst es hier gehörig!

Die Rohschott-Ladenglocke bimmelte weiter. Die Bauern mißachteten den Beschluß.

Aber die Arbeiter und Bauern erfüllen die Beschlüsse mit Leben. Also, schlußfolgerte Mitzig, politisch-ideologische Arbeit mit den Bauern.

Zum Beispiel mit Juschko.

Juschko war parteilos. Er hatte folglich Mängel bei der Wahrung von Disziplin. Ein unverbesserlicher Rohschott-Kunde.

Mitzig wußte, einen Menschen für eine Sache begeistern heißt, ihn damit zu verknüpfen.

Juschkos Traktor tuckerte am Feldrand. Er sprang schlecht an.

Juschko kratzte mit dem Löffel in einer Aluminiumschüssel. Er bemühte sich, Kartoffeln, Fleisch und Kraut voneinander zu trennen.

Er brubbelte: Kommt ja doch alles in einen Magen, und schaufelte sich die Backen voll.

Da Mitzig auftauchte, ließ er das Bier in der Aktentasche verschwinden.

Es war Geldtag. Mitzig wedelte mit der Lohntüte.

Juschko las die Summe.

Fehlt was, sagte er.

Nein, sagte Mitzig.

Klar, Mensch, der Zuschlag. Juschko spuckte eine Gewürznelke vom Rotkraut aus.

Ihr habt beschlossen, sagte Mitzig, Leistungszuschlag bei Stärkung des Sozialismus.

Ich habe nur den Finger gehoben, sagte Juschko. Was soll das?

Juschko stellte den Essennapf in den Spitzwegerich.

Mitzig half ihm auf die Sprünge:

Stärkung des Sozialismus heißt, im Konsum einzukaufen. Alles! Auch Fleisch!

Bei der Ladenglocke von Rohschott dehnten sich die Pausen. Dafür war die hintere Türklinke blank gegriffen.

Pollke schüttete beim Kartoffellesen die Körbe der Frauen in die Hänger. Eine schlecht bezahlte Arbeit, dann noch der Abzug.

Pollke sagte: Na bitte!

Er stellte sich einen vollen Korb auf die Schulter und lief langsam und mit Umbogen zum Hänger.

Die Frauen überschrien sich: Voll! Voll! Voll!

Sie türmten Berge auf die Körbe und verloren die Tagesnorm aus der Sicht.

Du schaffst mich nicht, sagte Pollke zu Mitzig. Du nicht!

Mitzig berief eine Einwohnerversammlung für die Konsumkundenwerbung ein.

Pollke sagte: In der Zeitung steht, der Sozialismus ist ein Magnet und zieht die Menschen an.

Beim Konsum zieht bloß der Littigen ihr Arsch an, sagte die Postwitwe. Sie verfocht in Wuttkow die Keuschheit, seit sie festgestellt hatte, daß sie mit ihrem Hintern weiter nichts mehr säen konnte.

Juschko mischte sich ein: Dann stimmt doch, wenn welche sagen in Wuttkow, der Sozialismus ist fürn Arsch!

Gekreisch.

Mitzigs Nahziel Konsum hatte die Zeit überrannt. Das nächste mußte heißen: Fleisch in den Konsum.

Woher?

Die LPG!

Hasenhuber verschanzte sich hinter abwehrenden Handflächen:

Kein Geld für Ställe. Kein Futter.

Mitzig sagte: Aber wie Schweine halten ohne Futter und Stall?

Wildschweine, sagte Hasenhuber und böllerte Lacher über den Schreibtisch.

Er hatte eine Idee versprüht. Ein seltener Vorgang.

Mitzig dachte: Hausschweine im Wald, eingezäunt. Eine Schweineweide.

Er ignorierte Jahrtausende der Haustierentwicklung. Er tarnte das mit einer Worthülle:

Waldmast.

Der Auszug der Ferkel in den Wald lockte die Wuttkower zum Spalier.

Die Knospen der Süßkirschen brachen auf.

Die Leute wetteten.

Leibisch setzte ein Faß Bier für das Gelingen, aus Geschäftsgeist, um die Wetterei in Gang zu halten und in seine Kneipe zu verlegen.

In den Gesichtern der Wuttkower spiegelte sich Gewißheit über den Ausgang der ungeheuerlichen Mastmethode.

Freilich war das Schicksal eines jeden unterschiedlich mit dem Projekt verwoben.

Am leichtesten Faden hing das der alten Kuscherova. Sie hatte sogar ihr schwarzes Kopftuch abgebunden.

Sie hielt den Ferkeln die Schnauzen zu und lachte.

Die alte Kuscherova lacht, staunten die Leute.

Am stärksten war das Gespinst zwischen Fleischer Rohschott und der Waldmast. Hier webte Existenzangst die Fäden.

Rohschotts Hintenrum-Kunden hingen am Fleisch, nicht an ihm.

Vielleicht, sagte er zur Frau, sind wir zu lange hier geblieben.

Bürgermeister Wuschko steckte in der Zwickmühle: Kritisiert er Mitzig und es klappt, zählt er zu den Miesmachern.

Dieser Makel würde seine Zukunft verunsichern.

Die Littigen entdeckte den verängstigten Rohschott. In ihr erwachte Konkurrenztrieb. Sie gierte nach dem Fleischmonopol in Wuttkow.

Sie klapste einem Ferkel auf das Hinterteil.

Daß ja was auf die Backen kommt! sagte sie.

Pollke kniff der Littig-Frau in den Hintern und sagte:

Am liebsten so stramm wie die!

Die Littigen drückte sich gegen die Pollke-Hand.

Frieda Lärke sah den schwänzelnden Tieren nach und sagte:

Hoffentlich reichts heimwärts wenigstens für Schaschlyk.

Für den LPG-Buchhalter Fänniger waren die Ferkel Kosten mit Beinen. Und die liefen in den Wald.

Pfarrer Vogeler opferte der Prozession ins Ungewisse einen Seufzer für die von einem Besessenen vertriebenen Kreaturen.

Die Zeit streckte die Waldschweine. Doch Fett setzten sie nicht an.

Die Tiere durchwühlten den Waldboden nach Freßbarem. Ihre Körper spalteten das Gefundene in Gestank und neue Rüsselenergie.

Die Dorfmeinung ähnelte der Erde in der Schweinekoppel: um und um gewendet.

Rohschott lachte längst wieder.

Er bedachte die Hintenrum-Kunden mit neuesten Mastnachrichten:

Man gut, daß die so tief in der Schiete stecken, sonst würden se umfallen.

Der Buchhalter rieb seinen Nacken rot. Seine Frau wusch daher die Hemden öfter und hatte weniger Zeit zum Waschen ihrer fettigen Haare.

Die beiden waren der Wirtschaftsseismograph in Wuttkow.

Der Pfarrer entwickelte eine neue Philosophie:

Die Welt hält die Fresserei zusammen.

Das erklärte er: Die wollen es ohne Gott und Sonnenschein schaffen und das Weltbild zerscherben, aber an der Fresserei scheitern sie.

Die rückt alles ins Lot.

Marlene stampfte im Waschhaus die Kochwäsche im Kessel. An ihrem Gesicht tropfte Wrasen ab. Sie wischte sich mit dem Handrücken eine Haarsträhne aus der Stirn.

Mitzig drehte Bettwäsche durch die Mangel.

Das Quietschen der Kurbel und das Klacken des Wäschestampfers waren das einzige, was sie verband. Das lag an den Schweinen.

Marlene probierte, die Spannung zu lösen: Jedenfalls klaut *die* Schweine keiner.

Mitzigs Nasenflügel zuckten.

Er ging.

Später saß er bei Blaschke.

Ich bin ein Versager, sagte Mitzig. Wir sind verdammt, die Zeichen zu setzen. Und die verhungern im Wald. Du sitzt seelenruhig an deinem Ofen.

In der Kneipe schwirrten die Gesprächsfetzen.

Der Alkohol spülte Worte frei, die sonst festsaßen.

Pollke war am Tisch von Rohschott. Der gab auf seinen Schweinesieg Runden aus.

Rohschott quirlte die Zunge: Auf di . . . die Macht des Handwerks!

Ob du für immer aus dem Schneider bist, fragt sich, sagte Pollke.

Denkst du, di . . . die Genossen möchten so aussehen wie ihre Schweine im Wald . . .

Rohschott kicherte und kroch näher zu Pollke.

In der Nacht war klarer Himmel. Frühfrost brach die Kraft der Dahlien. Schlaff und braun markierten sie den Herbst.

Mitzig grub seine Dahlien vor dem Neubau aus. Sorgsam schüttelte er die Erde von den Knollen. Er sortierte sie dann in Stiegen.

Da sagte Pollke von der Dorfstraße her:

Schön Sonntag ooch.

Nun gehörte Pollke für Mitzig keinesfalls zu einem schönen Sonntag.

Is'n, sagte Mitzig mit geschlossenen Zähnen.

Rohschott hält Siegesfeiern ab, sagte Pollke. Deine Macht ist so mager wie deine Waldschweine.

Mitzig trat mit dem Stiefel kräftig auf den Spaten. Er zerschnitt eine Knolle. Ausgerechnet eine von den dunkelroten. Pollkes Grinsen kroch Mitzigs Rücken hinauf.

Wie gesagt, schön Sonntag.

Pollke visierte die Kneipe an, um den Kater vom Vorabend zu verjagen.

Mitzig stiefelte bis in die Küche. Aus den Riefen der Sohlen bröckelte Erde.

Marlene klapperte mit Schaufel und Besen.

Mitzig schob den Brotkorb auf dem Tisch beiseite.

Der Rohschott bildet sich ein, daß er mächtiger ist als wir, sagte Mitzig.

Er trappelte in der Küche herum. Marlene bangte, daß er womöglich noch die Stube eindreckte. Deshalb holte sie den Mann mit einem fragenden Blick zurück an den Tisch. Kehrichtschaufel und Besen legte sie in den Schoß.

Mitzig sagte: *Ich* werde ihm meine Macht zeigen.

Marlene bemerkte, wie er bei der Macht vom Wir zum Ich überging. Sie liebte das Starke im Mann und ruckte hoch. Schaufel und Besen gongten auf den Fußboden.

Marlene preßte sich an Mitzig und suchte mit der Hand Stärke.

Mitzig ließ die Fleischzufuhr an Rohschott stoppen. Er begründete das politisch: Rohschott ein Bourgeois, der sich nach überlebten Zuständen sehnte.

Mitzig kaufte das Vieh über die LPG von den Bauern zu höheren Preisen oder lieferte dafür billige Futtermittel.

Die Fleischerkunden vertrieb der Satz:

Rohschott kann nicht mehr liefern.

Josephine schwabbelte zwischen ihrem Mann und dem Kreuz an der Wand hin und her.

Rohschott saß, den Kopf in die Hände gestützt, vor einem Briefbogen und einem Füller.

Jessus, Jessus, schluchzte Josephine.

Die machen uns fertig, sagte der Mann und griff zum Füller.

Die Frau hängte sich an die Schreibhand des Mannes. Sie fiel vor ihm auf die Knie und preßte die Schläfe an seine Hand. Rohschott rettete sich mit einer Geste, die er im Film gesehen hatte, aus der ungewohnten Situation: er tätschelte ihren Kopf.

Laß uns abwarten, sagte sie. Das ist alles der Mitzig. Bitte, Jan, bitte!

Nein, Finie, es ist sinnlos. Sonst hätte sich das einer wie Mitzig nicht gewagt.

Jessus, Jessus, sagte die Frau.

Tränen perlten auf die behaarte Hand des Mannes.

Der Mitzig zwingt uns, sagte Rohschott und schrieb an einen Freund.

Das Papier wellte von der Tränenfeuchte seiner Hand. Er schrieb die zurechtgelegten Sätze ohne Pause.

Josephine ließ nicht ab: Wir könnten vorläufig auf die LPG arbeiten.

Zu Mitzig? Den seine Dreckarbeit machen. Wie Pollke! Niemals! sagte Rohschott.

Es ging für Josephine um das Stückchen Wuttkow.

Sie sagte: Drüben räumen wir vielleicht auch nur Dreck.

Die Worte dehnend, sagte er:

Aber wir wissen wenigstens, woran wir sind.

Wuttkow schlief in einer der folgenden Nächte wie gewöhnlich.

Die Littigen mit Lockenwicklern.

Frieda Lärke schnarchte, daß die Katze im Körbchen miaute. Bis sich Frieda an der Spucke verschluckte und sich auf die Seite drehte. Sie murmelte:

Spucke im Schlaf, wird weniger ein Schaf.

Der Spruch war von ihrem Großvater, dem Schäfer.

Mitzig verfolgten die Skelette der Waldschweine. Er vertrieb Marlene mit seinen fuchtligen Armen auf die Liege in Nellis Zimmer.

Nelli freute sich.

Zotte war blau. Er lag vor dem Bett und zählte Kaninchen. Die Frau hatte sich in der Stube eingeschlossen. Sogar im Schlaf jammerte sie.

Die alte Kuscherova durchwanderte ihre Heimat.

Die Tochter kicherte im Bett eines Mannes in der Stadt.

Die alte Kowaln nahm ihr Lebensbündel wieder auf, als sie an das Kruzifix und des Bürgermeisters Wut darüber dachte.

Pfarrer Vogeler hatte sein Buch auf den Nachttisch gelegt und sagte:

Der Mitzig schaufelt sein eigenes Grab.

Juschko entmannte die Müdigkeit im Bett seiner Frau. Sein Schlaf war auf das Füttern um vier Uhr ausgerichtet. Die Frau begnügte sich mit der Rückenwärme des Mannes.

Leibisch schnäpselte im Schlafanzug einen Wacholder aus dem klebrigen Küchenglas.

Noch einen, und noch einen. Er atmete tief durch und sagte:

Ich würde an Rohschotts Stelle dem Mitzig den Schädel einschlagen.

Er gähnte, und bleiern grub er sich in die Federn von Juschkos Gänsen.

Blaschke plagte das Rheuma.

Pollke atmete gleichmäßig. Unter seinem Fenster piepste eine Maus aus Katzenangst. Sie verstummte mit einem Knacken zwischen Katzenkiefern.

Es war Ruhe.

Eine friedliche Nacht also.

Sie stahl den Wuttkowern den Fleischer.

Bei Nacht und Nebel abgehauen, sagten die Leute.

Dabei war es klar, und der große Wagen war an den Kirchturm gestoßen.

Josephine hatte in das Sternengefährt Erinnerungen und Sehnsüchte gepackt.

Dachte sie später an Wuttkow, sah sie den Himmelswagen. Und sah sie den Wagen, dachte sie an Wuttkow.

 Westgang: aber Heimatliebe

So war sie nie ohne Wuttkow.

Ihr Leben stand unter einem Sternbild.

Nach Wuttkow kamen darauf fremde Männer wie Ameisen zu einem toten Regenwurm.

Mitzig sagte: Ich habe euch gewarnt!

Du hättest wachsamer sein müssen, gerade bei solchen kleinbürgerlichen Elementen, bekam der Bürgermeister zu hören.

Der Feind arbeitet ohne Pause, hieß es.

Das stimmt, sagte Wuschko, der Mitzig kämpfte pausenlos.

Du, ausgerechnet du, diffamierst einen ehrlichen Genossen!

Blaschke schwieg.

Der Pfarrer sagte: Man muß bekehren, sonst gewinnt man keine Jünger.

In der Kneipe kursierten Wer-wird-das-Licht-ausmachen-Witze.

Pollke sagte: Nein, aus Wuttkow kriegt mich nicht mal der Mitzig. Die Heimat ist nicht dort, wo der Arsch am nahsten an der Wand ist.

Das sagte er zu den Fremden. Die sagten zueinander: Vorsicht!

Und: Das ist für die Sorte typische Augenauswischerei.

Nach bangen Tagen sagte Mitzig zum Bürgermeister: Ich habe dich rausgehauen!

Im Konsum belagerten die Frauen den Fleischstand. Der hielt diesem Ansturm nicht stand.

Auf dem Kartoffelacker lagen die ausgefahrenen Knollen und die frauenlosen Körbe.

Welten trennen sich nicht mit einem geraden Schnitt.

Tautropfen in den Spinnweben vertausendfachten die Sonne eines verspäteten Altweibersommertages.

Anderntags hingen die Fäden regennaß zwischen dem Heidekraut und den Gräsern.

Die LPG erntete die letzten Möhren.

Zum Hinknien war es zu schlammig, und die Frauen reckten ihre vielfach behosten Hintern Pollke und Juschko entgegen.

Pollke war der Ausschütter und Juschko der Abfahrer. Sie hatten die Hände in den Hosentaschen. Der Traktor bubberte. Zischend zersprangen Regentropfen auf dem Motor.

Was wird aus den Waldschweinen, sagte Juschko.

Eh, kreischten die Frauen. Uns wern die Pfoten klamm, und ihr wärmt se unterm Hosenstall. Oder nehmt unsre mit drunter.

Pollke lud lieber auf jede Schulter einen Korb.

Juschko rückte den Traktor vor.

Sie blieben bis zum Feierabend auf dem Feld, obwohl in der Nähe die trockene Feldscheune zum Pausieren lockte.

Am Abend ging Juschko zu Mitzig.

Der saß im kalten Büro und rechnete an den Futtermitteln herum.

Rückte er ein paar Tonnen in die Waldmastspalte, entblößte er die Stalltierspalte.

Was tun? fragte Mitzig.

Ich bin Bauer, sagte Juschko. Die Schweine dürfen im Wald nicht verrecken. Jeder Wuttkower besorgt das Futter für ein Schwein!

Mit dem Vorschlag gingen sie zu Wuschko.

Im Flur des Bürgermeisters hinterließen die Schuhe der beiden Tapsen. Die flossen ineinander.

Die Frau von Wuschko rannte nach einem Scheuerhader.

Zu spät. Mitzig und Juschko waren bereits in der Stube.

Der Bürgermeister döste. Der Kachelofen war überheizt. Wuschkos Frau verhustete zuviel Kraft. Sie fror leicht. Besonders schlimm wurde es mit dem Husten, wenn sie aufgeregt war.

Das Sofa knarrte unter der Last der Besucher. In der Schale auf dem Tischchen lag gewienertes Obst aus Plast. Die achtstrebige Lampe spiegelte sich darin.

Die Waldschweine, sagte Mitzig.

Hör auf! sagte Wuschko.

Die Gegenwart des Genossenschaftsbauern verunsicherte ihn bei einem Gespräch über Amtsgeschäfte.

Es gibt genug Gerüchte unter den Wuttkowern über die Waldmast, dachte Wuschko. Gerüchte sind Gifttröpfchen.

Er hob daher fragend die Schultern.

Mitzig erklärte: Die Schweine werden Sache des gesamten Dorfes. Jeder beschafft das Futter für ein Schwein. Das geht sogar auf.

Aber nur zahlenmäßig, sagte Wuschko. Du mit deine Rosinen!

Aus der Warmhalteröhre brach Punschduft aus. Mitzig und Juschko schnupperten auffällig und mit langgezogenem:

Hmm!

Wuschko hatte keine Wahl.

Er rief in die Küche: Drei Gläser, Frau!

Sofort klapperte die Frau mit den Gläsern an. Sie verschwand gleich wieder, um Grünlinge zu putzen. Die Pilze waren ein Ergebnis von Wuschkos Am-Schreibtisch-steht-nicht-das-Leben-Politik.

Der Bürgermeister kellte den Punsch ein.

Wo haste die Nelken her? fragte Juschko.

Das verschwieg das Gemeindeoberhaupt.

Mir fehlt bei der Littigen das Glück des Tüchtigen, sagte Juschko.

Bleiben wir bei den Schweinen, sagte Wuschko.

Die erforderten von ihm erneute Entscheidung. Er erwog möglichen Schaden für sich. Das Resultat: Retten, was zu retten ist.

Sie schlürften das Getränk. Es war in der Röhre so heiß geblieben wie beim Kochen.

Wuttkow wurde in eine neue Kampagne gestürzt, und Juschko war Teil des Machtorgans.

Ausgerächnet du Pliins, sagte die Juschkon. Waas werden die Leute sagen.

Die sagten: Wer hätte das von ihm gedacht.

Manches Gemeindemitglied verweigerte den Nächstendienst an den Waldschweinen.

Littigs fütterten sechs Schweine. Die Frau stachelte der Verkaufsrausch.

Der Prozentsatz fauliger Kartoffeln stieg im Wuttkower Konsum bedenklich.

Mitzig sagte zu Marlene: Ich habe das eingebrockt, also löffeln wir das meiste aus. Acht Schweine.

Mitzig tuckerte mit einem geborgten Eigenbautraktor überall Futter zusammen. Er kaufte sogar welches.

Das kostet uns zwei Schweine privat, sagte Marlene.

Es wird niemand aufrechnen, sagte Mitzig. Überleben die Waldschweine, ist das mehr wert.

Frieda Lärke hatte früher die Küchenabfälle aus der LPG-Küche Korfling zugeschanzt.

Korfling war einer, der von sich sagte: Ein Mann der goldenen Mitte.

Er hatte erst die NSDAP gewählt, als die Hälfte der Wuttkower dafür gestimmt hatte. PG war er dann schneller geworden. Dafür hatte er in den anderen Zeiten mit dem LPG-Beitritt länger gewartet.

Mittelmäßige Frau, sagte er. Mittelgroß, bescheinigte der Personalausweis. Wuttkow, Mittelweg. Mittelbauer.

Zwei mittelprächtige Jungs.

Ein Durchschnittsbürger, sagten die Wuttkower.

Und: Der hat a Ooge off Frieda.

Daß es ein ökonomisches war, stellte sich heraus, als Frieda die Futterzulieferungen an ihn stoppte und statt dessen die Waldmast belieferte.

Der Kleene is' ewig in' Arsch gekniffen, sagte Korfling.

Er hatte Mühe, die Futterlücke für seine Schweine zu schließen, und nichts übrig für die fremden Schweine im Wald.

Der Gemeindekasten prangerte ihn an.

Ooch noch anschwärzen, sagte er.

Die Kinder von Wuttkow sammelten Eicheln und Kastanien.

In den ersten Frostnächten bangten die Wuttkower:

Die Waldschweine verfrieren unser Futter.

Tischler Bolze biß auf seinen Zimmermannsbleistift. Er stakste durch den Matsch der Schweineweide. Zwischen den Bäumen maß er mit dem Zollstock.

Ich bau' die Ehrentribüne hier off, sagte er.

Das ehrte die Wuttkower weil sie sich nützten.

Die Schweine drängelten sich unter das Podium. Nur die Kringelschwänze der hintersten waren noch zu sehen. Die Bretter, auf denen sonst die erlauchten Füße der Wuttkower Gesellschaft standen, wurden zu einem schützenden Dach.

Ein neuer Stalltyp aus Wuttkow: Marke Ehrentribüne.

Die Futterabgabe der Leute überwachte Wuschko. In eine Wolldecke gewickelt, saß er auf einem Klappstuhl und wog die Futtermenge nach. In zwei Büchern quittierten sie es sich gegenseitig.

Eena guckt bei uns imma üba die Schulta, sagten die Leute.

Blaschke rief aus seinem Fenster Mitzig zu:

Ein Sieg, Heiner!

Blaschke setzte sich wieder und baute vom warmen Ofen aus in seinem Kopf an der Zukunft. Er paffte eine Zigarre. Die Asche fiel auf das Wachstuch und brannte ein Loch.

Wieder Punsch beim Bürgermeister.

Diesmal zahlte Mitzig den Rotwein.

Er sagte: Siegesfeier!

Gläserklirren. Lockere Zungen.

Der Pollke ist verstummt, sagte Wuschko.

Den habe ich uns vom Halse gehalten, sagte Mitzig.

Wuschko fragte nach. Dich brauchen wir nicht, hatte Mitzig dem Pollke gesagt.

Wuschko mummte sich in die Wattejacke.

Pollke war zu Hause, denn Leibisch hatte geschlossen. Der hatte sich bei einer Fünf-Ecken-Tante zur Silberhochzeit eingeladen.

Pollke roch ungewaschen und nach Schnaps. Die Fensterscheiben waren zugefroren. Beim Sprechen hing den Männern Reif vor dem Mund. Der lagerte sich auf die Fensterscheiben; Schicht für Schicht wurden Worte zu Eis.

Du säufst zuviel, sagte Wuschko. Morgen rechne ich mit dir!

Pollke fuhr mit dem Frühbus in die Stadt. Er nahm sich einen Tag Urlaub.

Auf der Rückfahrt hatte er zwei Eimer. Im Bus roch es nach Kneipe.

Pollke hatte für die Schweine etwas Besonderes aufgetrieben: Treber aus der Brauerei.

In der Waldmast goß er damit eine Rinne voll. Die

Tiere steckten ihren Rüssel hinein und schlappten und quiekten.

Sauwohl, sagte Pollke.

Am anderen Morgen lagen drei Schweine tot vor der Rinne.

Mitzig telefonierte: Der Pollke. Ist einschlägig bekannt.

Mitzig hatte die Schweine gleich in die Abdeckerei schaffen lassen.

Untersuchung, lange Untersuchung.

Für Pollkes Schuld ließen sich keine Beweise finden. Aber das hieß für die Leute noch lange nicht schuldfrei. Mit dem Zweifel war dem Gewissen ein Grund für Anklagen gegeben: Hätte immerhin sein können.

Pollke wurde damit nicht fertig.

Abends wartete vor seiner Tür die Frau von Zotte. Die spitze Nase leuchtete aus dem Wollschal. In den Augen hüpfte Freude.

Recht haste, man muß sich wehren, sagte sie.

Pollke hatte nach der Mitzig-Sache mit den Kaninchen in den Kopf der Frau Rachesporen ausgesetzt. Ihr Unglück wurde der Nährboden dafür.

Die Vergangenheit hängt an einem Gummi, der zurückschnellt, sagte Frieda Lärke.

Jahrestage greifen nach dem Leben, bis hin nach Wuttkow.

Mitzig, in Anzug und Krawatte, knaupelte vor einer Bezirkstür Fingernägel.

Hinter der Tür residierte ein Bezirksmensch. Der öffnete selbst.

Ich kenne dich, Genosse Mitzig, sagte er. Du bist ein tüchtiger LPG-Vorsitzender, der eine ausgezeichnete Mastmethode entwickelt hat. Mit Unterstützung des Genossen Hasenhuber natürlich.

Mitzig schluckte, um dieses Öl herunterzubekommen. Der Kehlkopf ließ den Schlips hüpfen.

Er war im Gesichtsfeld des Bezirkes.

Kurz und gut, sagte Mitzigs Gegenüber, sah auf die Uhr und schnipste eine Fussel vom Hemd. Wir begehen das bevorstehende Jubiläum würdig. Im Kreis der Besten. Du verstehst, Genosse Mitzig! Kaltes Büfett, Getränke, Kultur und Frohsinn.

Das Bevölkerungskontingent ist tabu. Es geht um Zusätzliches. Es geht um deine Waldschweine!

Die waren für den Konsum, sagte Mitzig.

Begreife! Die sind nirgends festgehalten, schriftlich: existieren sozusagen überhaupt nicht. Es schadet also keinem.

Das Dorf, sagte Mitzig.

Na höre! Wie sollen die Leute aus ihrer Perspektive sehen, wohin es geht.

Mitzig schwieg. Zum Schlucken fehlte die Spucke.

Der andere sah wieder auf die Uhr und zog am Ärmel seines Jacketts. Mitzig bemerkte: Der hat keine Manschetten.

Du denkst zu eng, Genosse Mitzig. Es ist höchste Zeit, die Dimensionen zu erweitern. Na, du rückst in die vorderste Reihe!

Mitzig versuchte, auf dem Heimweg zu ordnen: Was muß dieser Funktionär alles wissen, berechnen, bedenken, studieren. Welche Tragweite haben seine Entschlüsse. Er richtet sein Sinnen in die Zukunft. Der Mann stellt seine Person zurück. Er ist ordnungsgemäß auserwählt. Es gibt keinen Grund zum Mißtrauen. Sollte er, der Mitzig aus der Kate, Sandkorn im Getriebe des Fortschreitens sein, nur weil sein Kopf mit Wuttkower Brettern vernagelt ist? Nein, er hat geschworen, alles zu geben.

Die Schweine werden beim Bezirk verfressen – Dorf geht leer aus

Mitzig kommen Zweifel – Kleiner Mann

Dorffest beim Verladen der Schweine.

Der Viehtransporter fuhr die Dorfstraße entlang. Vorneweg schritt Bürgermeister Wuschko.

Juschko hockte auf der Fahrerkabine. Er blies auf einer beuligen Trompete ein Halali.

Der Littig-Frau sperrte der Kittel. Pfarrer Vogeler schielte von der Seite und sah am Vorgang auf der Dorfstraße vorbei.

Die Prozession erreichte die LPG-Küche.

Hier getraun se sich nich mal zu grunzen, sagte Frieda Lärke.

Am Abend gab es bei Leibisch Freibier. Ein Faß von der LPG-Kasse, eins von Mitzig.

Den bedrückte der Handel. An wen sollte er sich wenden. Woher holt man Wahrheiten?

Sechs Tage nach dem Schweinetransport beförderte die Postwitwe eine steife Drucksache für Mitzig, vom Bezirk.

Aha, sagte sie, der Mitzig macht Karriere.

Karriere bedeutete für sie krumme Wege. Sie hinkte der Zeit nach.

Marlene öffnete den Umschlag. In goldenen Buchstaben erlaubte man sich, Genossen Mitzig zu Ehren des historischen Jahrestages zum Bankett mit Kulturprogramm einzuladen.

Am Abendbrottisch sagte Marlene:

Dort liegt deine Einladung zum Versaufen der Schweinefelle.

Am Festtag donnerte ein Wolga durchs Dorf. Zweimal hin und her. Wuttkow war zu Ende, ehe der Fahrer Mitzig gefunden hatte.

Plötzlich lachte der Fahrer laut: Das wird der Affe sein.

Richtig, Mitzig wartete in seinem Beerdigungsanzug vor dem Neubau. Der Schlips lugte hinten aus dem Kragen. Marlene hatte sich geweigert, die Anzugsordnung zu diesem Anlaß abzunehmen.

Mitzig schlug die Wolgatür zu. Der Fahrer verzog schmerzvoll seinen Mund.

Das ist kein Traktor, Mann! sagte er und setzte eine große Sonnenbrille auf.

Mitzig versteckte sich in dem Polster. Sein Bauch kollerte, daß der Fahrer verängstigt in den Rückspiegel sah.

Im Festsaal traf Mitzig Hasenhuber.

Es begann wie üblich mit einer Rede. Unüblich war die Kürze. Die auserwählten Zuhörer wußten genug um die Größe der Erfolge. Das Rednerpult und die Fahnen wurden hinausgetragen, das kalte Büfett hinein.

Zwei Schweineköpfe glubschten von erhobenem Standort über die Delikatessen.

Mitzig aß und trank nichts. Das störte niemand.

Ankündigung des Kulturprogramms:

Ein besonderer Knüller. Was zum Hinschauen. Hinschauen!, meine Herren, nicht hinfassen! Ha, ha, ha.

Eine ... Tusch ... eine Modenschau!

Unter Beifall hüpfte eine Blondine in durchscheinendem Nylonkleid.

Hasenhuber leckte die Lippen. Er sagte zu Mitzig:

Bei der hörste keinen Wecker!

Er klatschte auf seine Schenkel.

Die Vorführerinnen mischten sich unter die Feiernden. Es wurde unübersichtlich und laut. Zwischen dem Hinsehen und Hinfassen fehlte die Trennung.

Mitzig wurde geschubst. Er stand im Wege. Die Blondine zog an seinem Schlips:

Dir rutschen wohl die Sockenhalter!

Ihr Gekreisch und Mitzigs roter Kopf schafften Aufmerksamkeit. Mitzig taumelte in den Vorraum. Der Chauffeur fing ihn auf.

Ich fahr dich nach Hause, sagte er.

Sie holten im Zimmer für die Fahrer den Autoschlüssel.

Beim Eintreten sagte Mitzigs Fahrer: Der hat bloß die Fresserei besorgt.

Ach so, sagten die anderen und unterhielten sich wieder.

Bis in die Kreisstadt schafft es die Totenkeule nicht. Dafür hat die Kreisseite einen Anzeigenteil. Die Nachrichten sind dadurch weniger zwingend. Man kann sie annehmen oder sein Frühstück in die Zeitung wickeln, oder man nimmt sie mit in ein Geschäft zum Einpacken von Fleisch, Fisch, Möhren oder Sauerkraut.

Mitzigs Name taucht gleich zweimal schwarz umrandet in der Zeitung auf: Geliebt, beweint und unvergessen von der Frau, im stetigen In-Ehre-Halten seines Andenkens vom Kreis.

Auf die Art bahnt sich die Nachricht den Weg zu Mitzigs ehemaliger Walzen-Kollegin Johanna Strauch.

Johanna wohnt noch immer in ihren zwei Dachstübchen. Die Nachbarhäuser und die Gasse wurden im Krieg weggeschossen. Das hat den Vorteil, daß sie im Grünen wohnt.

Dafür, sagt sie, geht der Wind für die Stadt erst durch meine Wohnung.

Im Winter hängt sie Decken vor die Fenster und läuft häufig nach Kohle in den Keller.

Sie zählt die Jahre bis zur Rente und überlegt, ob sie die Spiegelschleiferei aufgeben und eine andere Arbeit suchen sollte.

Johanna blättert in der Zeitung, die sie vom Vortag, dem Sonnabend, aufgespart hat. Sie stopft unter den Rücken ein Kissen. Sie umliest die Hauptartikel.

Auf der Kreisseite ist das aufregendste, wer den größten Kohlrabi geerntet hat.

Die Anzeigenseite hebt sie sich bis zum Schluß auf. Ihr fallen gleich die schwarzen Mitzig-Vierecke auf.

Der Mitzig also.

Sie knautscht die Zeitung zusammen, und erstmals bleiben die Heiratsannoncen ungelesen.

Johanna geht ans Fenster. Unter ihrer Mansarde nisten Spatzen. Das bringt ihr beim Hausmeister Ärger ein, weil sie das Nest nicht mit einem Besenstiel aus der Dachrinne schiebt. Die Spatzen hatten den Griff der Mülltonne bekleckert, und die Hausmeistersfrau patschte hinein.

Warum habe ich keine Ruhe vor Mitzig und Wuttkow, sagt Johanna und lehnt die Stirn an den Fensterknauf.

Beerdigungen sind ihr ein Greuel. Sie geht nur zu denen der besten Freunde.

Ja, zu dem Walzen-Mitzig, da gäbe es keine Frage, aber zu dem LPG-Mitzig?

Der Walzen-Mitzig . . .

Sie denkt an den Klang seiner Stimme, an die unbeholfenen und ruckartigen Bewegungen seiner überlangen Arme und an sein Ringen, sich zu beweisen. Mißlang das, wie bei den Spiegeln, biß er sich die Unterlippe blutig . . .

Johanna trat damals seinetwegen der Partei bei. Sie war Arbeiter und Frau und sehr willkommen.

Sie vergaß alles, wenn sie mit Mitzig eine Versammlung besuchte. Sprach Mitzig, räusperte sie sich vor Aufregung.

Johanna übernahm für Mitzig Handlangerdienste wie Bier holen, Stühle und Tische rücken, Saal ausfegen.

Ihr fehlte die Gelegenheit, sich um andere Männer zu kümmern. Mitzig deutete durch nichts an, daß er in Johanna die Frau entdeckt hätte.

Es war eine Zeit, in der debattiert wurde und sich jeder seine Meinung selbst bilden mußte. Das dauerte sehr lange, und die Versammlungen dehnten sich aus.

Du kannst bei mir schlafen, sagte Johanna.

Mitzig scheute Verbindlichkeiten.

Laß man, sagte er.

Daß Marlene wartete, verschwieg er.

Johanna brachte Mitzig zum Frühstück zwei Eier mit in die Schleiferei.

Hauptsache, du erntest, was du säst, sagte Lisa Strikker.

Sie hatte einen Lippenstift im Kittel unter der Gummischürze und in der Woche manchmal zwei Männer.

Die anderen Frauen hauten mit in die Kerbe:

Der sagt davor jedesmal erst einen Satz aus dem Manifest.

Mal sehen, wie weit er kommt.

Mitzig hatte die Eier aufgegessen und sagte: Ich sehe mal nach dem Keilriemen.

Johanna wurde rot und sagte: Dumme Weiber!

Mitzig prüfte an der Walze die Spannung des Keilriemens und wälzte Entscheidungen.

Die Sirene hupte die Frauen aus dem Pausenraum.

Bevor der Maschinenlärm die Stimmen taub machte, bestellte Mitzig die Johanna zu um fünf in die »Halbe Kugel«.

Die »Halbe Kugel« war ein Café, das eigentlich HO-»Parkcafé« hieß. »Halbe Kugel« hatte es der ehemalige Besitzer Schröder benannt. Weil ich dem Volk aufs Maul gesehen habe. Wie der alte Luther, hatte Schröder begründet.

Er war auch in der Leibesfülle Luther sehr ähnlich.

Die Umbenennung in »Parkcafé« war also notwendig, um keine falschen Traditionen zu pflegen.

Der pavillonartige Bau ähnelte trotzdem einer halben Kugel. Die HO hätte das Café besser in »Himalaja« umbenennen sollen, denn der aufgeschüttete Rodelberg war eher zu sehen als die windflüchtige Kiefer, von der man den Park abgeleitet hatte.

Die Leute blieben unbeirrt bei »Halbe Kugel«.

Bei Kleinigkeiten läßt sich das Volk nicht das Maul verbieten.

Johanna stöckelte in neuen Schuhen eine Stunde zu früh die drei Stufen zur Drehtür des Cafés hinauf. Sie redete sich ein, die Zeit verwechselt zu haben.

Die Drehtür und die hohen Absätze machten ihr zu schaffen. Der Kellner fing sie drinnen auf.

Immer langsam mit die jungen Pferde, sagte er.

Johanna ergatterte einen Zweier-Tisch. Auf den Stuhl gegenüber legte sie ihre Handtasche.

Der Kellner brachte eine Tasse Kaffee. Sie räusperte sich unentwegt.

Wenn Se den trinken, werden Se ganz ruhig, Kollegin, sagte der Kellner.

Zehn Minuten vor fünf stürmte Mitzig mit offener Jacke und wirrem Haar in das Café.

Johanna winkte. Mitzig setzte sich auf den Rand des Stuhles.

Muß gleich wieder weg, sagte er. Schlimm, zuwenig Zeit, in Ruhe einen Kaffee zu trinken.

Seine Augen verbanden die Flecken auf der Tischdecke mit Geraden.

Johanna hielt die Luft an.

Ich, sagte Mitzig, habe da in Wuttkow eine Frau.

Er hatte Angst vor der Stille zwischen ihnen. Deshalb setzte er hinzu: Marlene heißt sie.

Aber er spürte dieses Nichts-mehr-sagen-Können schon heraufziehen.

Er lief aus dem Café.

Der Kellner kassierte bei Johanna.

In ner Stunde ist hier Witwenball, sagte er. Wie Sie aussehen, finden Sie garantiert nen Neuen.

Johanna kniff die Lippen zusammen und legte für den Kaffee fünf Mark hin.

Draußen rauchte Mitzig. Als er Johanna bemerkte, huschte er hinter eine Säule.

Johanna hatte es gesehen. Sie fror.

Johanna Strauch guckt noch immer zum Fenster hinaus. Der lange Schatten des Hauses auf dem gelblichen Rasen zeigt den Herbst an. Der Wind bringt von den Feldern vor der Stadt feine Sandkörnchen mit, die gegen die Scheiben des Fensters knispeln.

Mit Männern hat Johanna kein Glück. Einer hatte einige Jahre bei ihr gelebt, mit ihm waren es nur Monate: Er hieß Werner, hatte Speckpolster im Nacken und freundliche Augen, die eine Brille vergrößerte. Er war Schaffner bei der Reichsbahn, in Bummelzügen. Ihm fehlte selbst der Ehrgeiz, in einem D-Zug Fahrkarten zu lochen.

An dem Tag, als vor einigen Jahren die Anzeige in der Zeitung gestanden hatte, trennten sie sich. Mit dieser Anzeige nahm sie damals wieder Mitzigs Spur auf. Sie war fettgedruckt:

Suchen dringend Hilfskräfte zum Gurkenschälen. LPG Wuttkow, Mitzig, Vorsitzender.

Johanna sieht die Schrift noch vor sich.

Johanna Strauch las die Anzeige dreimal. Hat er es mit dem LPG-Vorsitzenden also durchgehalten, dachte sie.

Sie fuhr nach Wuttkow, ihren Sehnsüchten hinterher.

Johanna schälte in der LPG Gurken zum Einlegen für einen VEB Sterilkonserve. Die ausgeschabten Gurkenhälften legte sie in Holzkisten, die ein Traktor mit offenem Hänger die 12 Kilometer zur Sterilkonserve bubberte.

Die Schäler saßen neben einer Lagerhalle im Kreis. Zwischen den Beinen klemmte eine Schüssel für die Gurkenkerne.

Mitzig bescherzte die Frauen, jede extra. Bei Johanna zuckte er zusammen.

Wie lange wir nichts mehr voneinander gehört haben, sagte Mitzig. Das klang wie bei einer Bahnhofsdurchsage.

Ja, ja, sagte Johanna und mußte sich nicht einmal räuspern.

Der einzige Mann in der Schälkolonne war Pollke.

Die Dorffrauen lästerten:

Daheeme ißta sonntags Pellkartoffeln, weil er zu faul zum Schälen ist.

Johannas Hände wirbelten wie immer ungewöhnlich schnell. Sie hielt den Rekord und hatte Stand in der Truppe.

Nach Feierabend blieben ihr noch zwei Stunden, bis der Bus fuhr. Sie verbrachte diese Draufzeit bei Leibisch.

Eine Frau war etwas Besonderes in Wuttkows Kneipenleben, noch dazu eine städtische. Die Männer reizten sie mit Zoten aus. Die derben Worte trieben ihr Röte ins Gesicht. Wer gerade trank, prustete Bierschaum aus dem Glas, so rot wurde sie.

Besonders Pollke probierte es noch und noch. Johanna enttäuschte nie.

Das Leben brandete endlich wieder um sie.

An dem Tag war Pollke sehr betrunken und zeichnete mit zittrigem Daumen eine Spur aus Bierschaum auf sein Glas, wischte mit dem Handteller darüber und sagte:

Warum läßte dich hier verarschen.

Zu Hause bin ich allein, sagte Johanna.

Pollke verschwepperte Bier und sagte: Ich habe gar nicht erst ein Zuhause.

Sie fanden keine rechten Worte mehr füreinander.

Beim Verabschieden sagte Johanna: Zeige mir doch morgen, wo du wohnst.

Pollke sagte: Wozu.

Drei Tage wich Pollke der Johanna aus.

Am vierten Tag trug er ihre Gurkenkiste zum Hänger. Sie spürte seinen Atem im Gesicht und verlangte plötzlich nach diesem Mann.

Am Nachmittag nahm er sie mit.

Pollke bewohnte die ehemalige Mitzig-Kate. Goldrute überwucherte faulendes Gerümpel. Hier und da stakste ein Brett oder eine Eisenstange heraus. Ein paar Sonnenblumen waren auch dazwischen, Jahr für Jahr ausgesamt von denen, die Lene Mitzig gesteckt hatte.

Ein Trampelpfad führte zur Tür, deren Flickstellen schon wieder rissig wurden.

In Pollkes Zimmer war es muffig. Johanna bekam Gänsehaut. Auf dem Kanonenofen stand ein Topf, der vom Überlaufen mit Tropfennasen übersät war.

Pollke zeigte auf einen Henkelkorb mit Flaschen.

Aufgeräumt habe ich auch extra, sagte er.

Das Mobiliar bestand aus einem Stuhl, Eisenbett, Tisch und einem Schrank, dessen Türen so verquollen waren, daß sie sperrten.

Unter dem Fenster wucherten an der Wand Stockflekken.

Pollke brüllte: Na, haue schon ab!

Johanna tippelte steif in Richtung Stuhl. Es schepperte. Sie war über einen Eimer gestolpert.

Fürs Regenwasser, sagte Pollke.

Endlich gelangte sie zum Stuhl.

Ist der zum Draufsetzen? fragte sie.

Sie lachten.

Hast du auch eine volle Schnapsflasche? sagte sie.

Aber keine Gläser, sagte Pollke und setzte sich auf das Bett. Er griff unter das Kopfende und holte eine Flasche Klaren hervor.

Johanna trank und schüttelte sich.

Nach der nächsten Flasche hast du dich an alles gewöhnt, sagte Pollke.

Johanna fuhr mit der Hand über ihre geschlossenen Augenlider.

Sie sagte: Ich denke, ihr wart die größten Bauern im Dorf.

Schluck für Schluck erfuhr Johanna die Geschichte Pollkes.

Die Pollke-Geschichte

Der Griff der LPG nach der Pollke-Wirtschaft wurde enger.

Sie haben uns keine Saatkartoffeln verkauft, sagte der alte Pollke zu seinem Sohn. Erst die LPG, haben sie gesagt. Es ist schon Mai. Jeder Tag später ist ein Doppelzentner weniger Kartoffeln im Herbst.

Vielleicht sollten wir uns beugen und auf bessere Zeiten warten, sagte der Pollke-Sohn.

Mit denen paktieren? Ums Verrecken nicht! Die wirtschaften uns runter. Der Mitzig wird immer dreister.

Wir gehen!

Der Pollke-Sohn ritt nach dem Gespräch über die Äkker und Wiesen der väterlichen Wirtschaft.

Seit Generationen war das Pollke-Land. Mal ein Stückchen mehr, mal eins weniger. Ihre Erträge waren die höchsten im Dorf und ihr Vieh das beste.

An jedem Flecken Acker, Wald oder Wiese hing eine von Großmutters Geschichten.

Die Großmutter hatte gesagt: Boden ist Verpflichtung.

Das bedeutete auch Arbeit bis zum Umfallen für Pollke. Er kannte das Vieh im Stall mit Namen und Abstammung.

Die leistungsstärksten Tiere wurden gepaart, die anderen ausgemerzt; seit Generationen. Die Körungen waren ein Fest. Für die Kommission war bei der Bewertung der Pollke-Tiere ein Körschnaps nicht nötig.

Das alles sollte er aufgeben? Für nichts als Ungewißheit?

Der Mitzig wird auf ihn angewiesen sein, wenn die LPG das Land vereinnahmt, bildete sich Pollke ein. Schließlich kenne ich den Boden. Landwirtschaft hat nur mit erfahrenen Bauern Bestand.

In der Nacht weckte ihn der Vater.

Pollke sagte zum Vater: Das ist Verrat an unserem Boden!

Der Vater sagte: Denke nicht, daß sie dir das Hierbleiben jemals anrechnen. Du bleibst ein Gezeichneter! Ewig!

Als Pollke am nächsten Morgen die Karre voll Futter lud, lastete Stille über dem Hof. Er steckte die Forke ins Futter und rannte in die Ställe: Das Vieh war vergiftet. Es hatte nicht einmal geschrien.

Das zerschnitt die Bande zu den Eltern.

Mitzig sagte: Wir räumen mit denen gründlich auf.

Pollke wurde abgeholt.

Einige Leute sagten leise: Aber er ist doch geblieben.

Bei seiner Rückkehr nach Wochen fand Pollke das

Hoftor ausgehängt und einen liederlichen Misthaufen in der Mitte des Hofes. Die Haustür war sperrangelweit offen. Auf ihrer weißen Innenseite schwärmten Fliegen.

Pollke ging in die Stube. Im Büfett stapelten sich Akten, und eine Brauseflasche stand auf dem Bord. Der Schnappverschluß war offen. Pollke griff schnell nach der Flasche. Wie hatte Mutter darauf geachtet, daß unter jede Schüssel und Vase ein Deckchen gelegt wurde, damit das Furnier nicht zerkratzte. Die Brauseflasche klebte und hinterließ einen Ring.

Frieda Lärke steckte den Kopf zur Tür hinein, zog ihn schnell zurück, wie eine Schnecke ihre Fühler beim Anstoßen.

Draußen sagte sie: Der Pollke ist wieda zurück!

Wo, fragte Juschko.

Im Biero, sagte Frieda und trippelte aus dem Haus.

Auch Juschko wurde es ungemütlich. Auf Zehenspitzen stahl er sich zur Haustür. Er stützte sich an ihren Rahmen und kehrte um.

Pollke hatte ihn unbemerkt beobachtet.

Juschko sagte zu Pollke: Deine Wohnung ist jetzt in der Mitzig-Kate. Das hier ist LPG-Büro. Ist eben die größte Bude. Kindergarten soll auch rein. Dein Vater war noch eingetragener Besitzer, und der ist republikflüchtig, Verstaatlichung des Eigentums.

Ja, so war das, sagte Pollke zu Johanna Strauch. Er trank die Neige aus.

Morgen putze ich Fenster, sagte Johanna.

Die habe ich gestern erst abgekehrt, sagte Pollke.

Fenster waren für Johanna das Aushängeschild der Hausfrau. Sie putzte der Kate blitzende Augen.

Gardinen, Gardinen auch! sagte sie.

Beim Aufhängen erwiesen sie sich als störrisch und steif.

Die fürchten sich, sagte Pollke. Ich mich auch.

Aus ihrem Wäscheschrank legte Johanna eine gehäkelte Decke auf den Tisch. Die Maschen verfingen sich an den Schiefern der Tischplatte.

Pollke führte Johanna zum Bus.

Sie genoß seinen starken Arm und die Blicke der Leute.

Beim Einsteigen sagte er:

Wer weiß, ob ich in der Umgebung einschlafe.

Er holte sich die Bettschwere in der Kneipe.

Das erzählten die Schälfrauen der Johanna gleich früh. Sie sprach mit Pollke kein Wort.

Frieda kellte in einem engen Raum neben der Lagerhalle das Mittagessen aus: Gräupchen und Kohlrabi.

Johanna und Pollke löffelten an einem Tisch. Pollkes Aluminiumstuhl knarrte. Johanna rückte an ihrer Plastschüssel. Die klebte am großblumig gemusterten Wachstuch.

Schüttest noch alles um, sagte Pollke.

Hauptsache, dir schmeckts wieder, sagte Johanna.

Pollke legte den Löffel hin und dachte nach.

Leise sagte er: Mir schmeckt schon lange nichts mehr.

Mechanisch aß er weiter. Das brach Johannas Trotz.

Am Nachmittag wischte sie sein Zimmer. Pollke hockte auf dem Bett und fand für sich nichts Nützliches.

Sie rieb die Hände an der Schürze trocken und sagte:

Eine Frau muß her! und räusperte sich.

Zu spät, sagte er.

Pollke griff unters Bett nach der Schnapsflasche.

Du versäufst deinen Geist, sagte Johanna wieder forsch.

Zum Gurkenschälen und son Scheiß schadet der nur, sagte Pollke.

Sein Kehlkopf sprang viermal. Dann rülpste Pollke.

Potenzen verschenkt

Tage später beobachtete Johanna in Mitzigs Büro einen Falter. Der klatschte gegen die Fensterscheibe, wieder und wieder. Die Sonne zog ihn an. Er sah nichts zwischen sich und seinem Ziel.

Johanna griff zum Fensterriegel, um das Tier zu befreien.

Es wäre nutzlos, sagte Mitzig. Am Abend würde er auf der anderen Seite der Scheibe nach dem Lampenlicht flattern. Er hat kein eigentliches Ziel.

Wie ist das mit Pollke, sagte Johanna.

Der hat mit uns nichts im Sinn, sagte Mitzig.

Abgehauen ist er aber nicht! sagte Johanna.

Sie ließ Mitzig stehen und ging zu Pollke.

Sie strich Pollkes Tür innen mit blauer Farbe. Die gab es gerade. Pollke beseitigte vor dem Haus das Gestrüpp.

Das Holz der Tür saugte die Farbe sofort auf. Sie reichte deshalb nur für den Rahmen. Mit einem Rest malte Johanna ein Mondgesicht an die Tür. Der Mondmund lachte, und Johanna verstellte Pollkes Wecker.

Nach einer Weile legte Pollke seine zerkratzten Arme auf das Fensterbrett und sagte:

Mensch, der Bus!

Ist noch 'ne halbe Stunde hin, sagte Johanna.

Pollke sah auf den Wecker und sagte:

Tatsächlich.

Eine halbe Stunde zu spät schlenderten Pollke und Johanna durchs Dorf. Die Gardinen bewegten sich in den Häusern an der Dorfstraße.

Nach einigem Warten unter dem gelben Haltestellenschild sagte Pollke:

War mir gleich komisch.

Er sehnte sich nach der Geradlinigkeit in Leibischs Kneipe.

Johanna schob Pollke zurück. Im Haus packte sie einen Beutel aus: Bettwäsche.

Auf Pollkes Stirn perlte Schweiß. Plötzlich rannte er los.

Johanna wartete vergebens. Am Morgen schrieb sie auf einen Zeitungsrand: Wenn es ohne dich nicht mehr geht, schreibe ich dir.

Johanna lauerte Leibisch bei seinen Besorgungen in der Stadt auf. Seine Kneipe war schließlich in Wuttkow ein Ort der Meinungsbildung und des Umschlags von Mitteilungen.

Da stand nun Johanna, verzahnte die Finger miteinander und schaffte es nicht, den Blick vom Pflaster des Marktplatzes zu lösen.

Was macht Pollke? sagte sie.

Leibisch hatte es in der Stadt sehr eilig und legte keinen Wert auf Überschaubarkeit seiner Wege. Er wußte um Johannas Hartnäckigkeit und fürchtete, daß sie ihm nachlief.

Außerdem tat die Frau ihm leid, und er berichtete ihr.

Pollke hatte sich einen blauen Metallbriefkasten an die Tür genagelt.

Die Leute staunten und befragten die Postwitwe. Die wußte nichts und fühlte sich betrogen. Sie fürchtete unlautere Konkurrenz und steckte zweimal am Tag den rechten Mittelfinger in die Löcher der Briefkastentür.

Pollke trug den Briefkastenschlüssel an einer Schnur um den Hals. Nach Feierabend lief er an der Kneipe vorbei. Er bückte sich vor dem Briefkasten und schloß die Verbindungstür zur Außenwelt auf. Der Tag hatte für ihn wieder einen Höhepunkt.

Drei Wochen lebte Johanna von diesen Leibisch-Berichten. Dann brachte sie der Bus nach Wuttkow zurück.

Mitzig übersah die Fehltage. Die LPG bereitete Erdbeersenker für das Kühlhaus vor.

Die Frostsenker brachten gleich im ersten Pflanzjahr einen hohen Ertrag.

Für die Frauen glich diese Arbeit dem Federnschleißen. Sie saßen in der Halle um einen Haufen Erdbeergeschlinger und zuppelten Ranken mit Senkern heraus.

Von den neuen Pflanzen schnitten sie die Blätter ab, nur Herzknospe und Wurzel blieben.

Der größte Unterschied zum Schleißen war, daß nur Gespräche durch den Raum schwirrten und keine Federn dazu.

Trotzdem hingen die Frauen in Gedanken mehr dem Schleißen nach. Etwa wenn eine sagte:

Die Juschkon brillt so laut, daß de Federn wirbeln.

Pollke bündelte die fertigen Senker zu zwanziger Bunden. Bei Johanna hatte er am längsten zu tun. Die Frauen witzelten.

Schließlich schafft sie die meisten, sagte Pollke.

Die Frauen schnitten mit ihren Küchenmessern die Blätter einzeln ab. Jede schwor auf ihr Messer, wenn es auch einen lädierten Griff hatte. Die Schärfe war entscheidend.

Deshalb richtete jede Frau ihr Messer am Abend zuvor auf eine eigene Art her.

Ich gehe daas Messer schleifen, hatte die Juschkon zu ihrem Mann gesagt.

Der durfte nicht zusehen.

Weil der aales rumtratschen tut, sagte die Frau beim Arbeiten.

Sie erzählte auch, wie sie sich am letzten Sonntagmorgen über ein Pflaster am großen Wandspiegel gewundert hatte. Das klärte sich so auf:

Der Mann hatte als Wegzehrung beim Kneiper eine Taschenflasche Schnaps gekauft und in die Gesäßtasche gesteckt. Unterwegs setzte er sich auf einen Feldstein, den Teufelsstein. Die Flasche zerstückelte und schnitt ihn. Um zu pflastern, ließ er zu Hause die Hose runter, erst mit Hilfe des Spiegels entdeckte er den Schnitt.

Da hat er Oarsch und Spiegel verwäächselt, sagte die Juschkon.

Nur gut, daß er sich die Flasche nicht vorn in die Hosentasche gesteckt hat, sagte die Frau vom Bürgermeister.

Wenn dort was fehlt, merkts die Juschkon vielleicht überhaupt nicht, sagte eine andere.

Das Mittagsgeläut der Kirchglocken überraschte sie.

An einem Tag verbrauchten die Frauen einen Hänger voll Pflanzen. Nach zehn Tagen tauchte Mitzig auf.

Ich habe euch etwas mitgebracht, sagte er und zeigte den Frauen ein Paket aus Ölpapier.

Er wickelte eine Halterung aus, an die eine dreieckige Klinge von einem Mähbalken geschraubt war.

We Te Ef, meine Damen, sagte Mitzig. Das verstand keine. Er sagte weiter: Wissenschaftlich-technischer Fortschritt. Das Zauberwort für das Morgen.

Er hielt die Halterung hoch.

Wenn das auch mehr nach gestern aussieht.

Mitzig klemmte das Gerät zwischen die Beine, streifte die fünf Blätter eines Erdbeersenkers mit der rechten Hand glatt und trennte die Blätter mit einem Schnitt an der Klinge ab.

Fertig, sagte er. Ein Schnitt für fünf!

Das schrauben wir auf Tische, und los geht's!

Mitzig verschwand wieder aus der Halle.

Die Frauen umstaunten das Gerät.

Neumodsches Zeug, sagten sie und taten es damit zu dem Überflüssigen.

Aber die Unruhe gärte.

Am Montag der anderen Woche rannten die Frauen in der Halle gegen neue Tische, die weit auseinander aufgestellt waren.

Mitzig brachte einen Mann vom Kühlbetrieb mit. Der Ingenieur hatte igeliges Haar und ein Lineal in der Hand.

Mitzig wußte ja, daß sich Johanna schnell an eine neue Arbeit gewöhnte. Er beorderte sie an den ersten Tisch, erklärte ihr die Sache und warf einen Arm voll Pflanzen hin.

Johanna arbeitete, und Mitzig stoppte die Zeit.

Der vom Kühlbetrieb maß die Stengelstümpfe und nickte.

Mitzig zählte die fertigen Senker. Das Doppelte, sagte er und wies jeder Frau einen Tisch zu.

Pollke versorgte die Frauen mit Pflanzen.

Die Bäuerinnen fühlten sich automatisiert.

Die Gespräche verkleckerten in der Weite der Halle. Keine hatte ein besseres Messer, und keiner verschaffte diese Einbildung Erleichterung.

Das ist fiir Variickte, sagte die Juschkon und trug ihren Schemel an den Pflanzenhaufen.

Sie nahm aus einem Beutel ihr Messer.

Nach zehn Minuten war der Kreis wieder vollständig.

Mitzig besah sich am Abend das magere Ergebnis und erkannte den Grund.

Ab sofort hat Johanna den Hut für die Truppe auf, sagte Mitzig.

Johanna sollte Fortschritt und Frauen zusammenbringen.

Pollke sagte: So schlecht sind die Dinger gar nicht. Sie müßten nur so angemacht sein, daß ihr trotzdem quatschen könnt.

Ab heute doppelte Norm fürs gleiche Geld, sagte Mitzig.

Der Bedarf an Erdbeerpflanzen stieg durch die neue Methode. Bisher hatte Juschko die Pflanzen vor seiner Tagesarbeit gerodet, das war nun unmöglich.

Laß es den Pollke machen, sagte der Brigadier Johanna zum LPG-Vorsitzenden Mitzig.

Das geht ins Auge, sagte Mitzig. Das lehrt die Erfahrung.

Er stimmte Johanna zuliebe dann doch zu.

Pollke war durch Johannas Eingriffe völlig aus dem Gleichmaß gekommen. Das zehrte auch an seinem Schlaf.

Pollke tuckerte mit dem Traktor durch die langen Reihen des Erdbeerfeldes. Träume stellten sich ein und machten es wohlig und verwischten die Grenzen der Wirklichkeit.

Plötzlich verhakte sich beim Ausfahren des Randstreifens der Rodelader an einem Baum.

Mitzig sagte daraufhin zu Johanna: Ich habe es gewußt. Erst war sein Vieh vergiftet, dann unsere Schweine und jetzt der Rodelader.

Mißtrauen macht klein, Heiner, sagte Johanna.

Die Leute sagten: Bei dem Pollke und dem Mitzig geht nischte nich zusammen.

Pollke sagte zu Johanna: Warum laßt ihr mich nicht einfach in Ruhe!

Johanna verließ Wuttkow.

Später traf Johanna den Kneiper noch einmal zufällig in der Stadt.

Der Mitzig hat den Pollke abgeschoben, sagte Leibisch.

Wie das? fragte Johanna.

Leibisch erzählte von dem Abend, als Mitzig in die Kneipe kam.

Daß de überhaupt noch die Türe findest, hatte Leibisch gesagt und Mitzig ein Bier auf den Tresen gestellt.

Mitzig nahm das tropfende Glas und setzte sich an den Stammtisch.

Pollke wich auf den Nachbartisch aus. Mitzig überging das. Er sagte:

Es wird ein Betrieb eingerichtet, der die Düngung im gesamten Kreis übernimmt, den Pflanzenschutz auch. A Ce Zet, Agrochemisches Zentrum.

Juschko sagte: Mit der Düngung entscheidest du den Ertrag. In einem Bauernspruch heißt es: Dünger ist die Seele vom Ackerbau, Dünger und Acker gehören zusammen wie Mann und Frau. Was bringt das Auseinanderteilen?

Mitzig sagte: Es werden Spezialisten machen. Wir fordern sie an.

Ein Betrieb fürn Kreis, sagte Leibisch, da wird es in den Spitzenzeiten aber Anforderungen hageln.

Was sind die Düngerfritzen für welche? fragte Juschko.

Aus unseren Reihen, sagte Mitzig.

Pause.

Er lachte: Wir delegieren zum Beispiel den erfahrenen Bauern Pollke!

Mitzig drehte den Kopf zu Pollke: Außerdem bist du der einzige, den in Wuttkow nichts hält!

Pollke sprang auf. Er schrie: Nichts hält in Wuttkow, er schüttelte Mitzig, du Hundesohn!

Mitzig duckte sich vor jedem Pollke-Wort.

Ich bin wohl hiergeblieben, weil mich nichts hält!

Mitzig holte mit der rechten Hand aus.

Leibisch und Juschko trennten die beiden.

Mitzig zog das Hemd gerade. Pollke trank einen Doppelten, er wischte den Mund mit dem Ärmel ab. So war das.

Wir hatten ihm alle zugeredet, sagte Leibisch zu Johanna. Vielleicht ist das für Pollke eine Möglichkeit.

Ja, vielleicht, sagte Johanna und räusperte sich.

Leibisch lehnt am Tresen und rechnet das Trinkgeld aus. Der Zettel und die Geldscheine kleben am feuchten Metall. Die Summe teilt er durch drei: ein Drittel für sich als Taschengeld zum sofortigen Verbrauch, ein Drittel für sich als Taschengeld zum zukünftigen Verbrauch und ein Drittel für sich und die Frau als Zuschuß zum Wirtschaftsgeld. Manchmal kauft er aus schlechtem Gewissen der Frau von seinem Taschengeld eine billige Schokolade oder einen Beutel Bonbons; Blumen niemals. Die vergammeln, und man hat nichts davon.

Die Geschenke sind eigentlich unnötig. Die Frau bedient sich rechtzeitig aus der Kneipenkasse. Das gelingt ihr unbemerkt, weil der Mann erst am nächsten Tag in der Lage ist abzurechnen: Er trinkt alle spendierten Schnäpse.

Dadurch kommen sie in den leidigen Geldangelegenheiten gut miteinander aus.

Natürlich hat Mitzigs Todesnachricht schnellere Beine als die Totenkeule. Leibisch weiß Bescheid und wartet auf die Keule. Er sieht auf die Uhr. Ihn drängt die Zeit zum Kartoffelstoppeln für seine Schweine. Der Lada steht im Hof bereit. In diesem Jahr hat er keinen Stoppelschein gekauft. Durch Mitzigs Tod achtet keiner darauf. In solchen Sachen war Mitzig pingelig. Leibisch hatte das miterlebt:

Ein Bus brachte die Bäuerinnen zum Kartoffelfeld. Das Gefährt war weithin zu hören, es bestand aus vier Buskadavern.

Leibisch wunderte sich schon am Morgen, daß der Bus über die Waage fuhr. Am Nachmittag das gleiche. Mitzig erwartete ihn. Ein Hänger stand auch da.

Mitzig wog den Bus selbst. Mit der Wiegekarte in der Hand stieg er ein. Drinnen entfesselte er einen Aufruhr, daß die Stoßdämpfer ächzten.

Nach und nach schütteten die Frauen unter Gekeif und Drohungen gegen Mitzig aus Taschen, Beuteln, Rucksäcken und zusammengebundenen Schürzen Kartoffeln in den Hänger.

Mitzig ließ den Bus erst wieder fahren, als das Gewicht von Bus und Frauen mit dem von früh übereinstimmte.

Leibisch staunte über den Kartoffelberg im Hänger: Das jeden Tag in der Kartoffelernte lohnt sich.

Die Frauen pochten vergeblich auf das alte Recht, daß derjenige, der beim Bauern Kartoffeln hackte, seine Tasche voll mitnehmen durfte.

Das soll nu besser sein, sagte die Juschkon.

Daß es sich im LPG-Fall um mehrere Taschen je Frau handelte, wurde in der Dorfdiskussion unterschlagen.

Leibisch wird ungeduldig. Die Warterei auf die Totenkeule kostet ihn mindestens ein oder zwei Zentner Stoppelkartoffeln. Gewohnheitsgemäß, wenn die Totenkeule umgeht im Dorf, blättert er in seinem Anschreibbuch nach offenen Rechnungen des Toten.

Eine weitere geschäftliche Seite gibt die Totenkeule für ihn her. Die Anzahl der eingetragenen Freunde, die vor dem Grabschaufeln in seiner Kneipe eine Totenfeier abhalten. Sie stellen dann auf die Mitte des Tisches ein volles Schnapsglas für den Toten und stoßen daran bei jeder Runde an.

Diesen Schnaps wagt sich keiner auszutrinken, nicht einmal Leibisch, wenn die Andacht vorüber ist.

Aber der Mitzig hat dem Leibisch das Geschäft verunsichert. Das fing mit einer Freundlichkeit des Kneipers an.

Mitzigs LPG errang die Wanderfahne für die höchsten Milchleistungen im Kreis.

Hasenhuber rief deshalb bei Mitzig an: Feierliche Übergabe. Übernehme ich persönlich.

Knacken in der Leitung.

Mitzig: Womit haben wir das verdient.

Zwischenfragen überging Hasenhuber. Er sagte: Mit Presse. Großer Rahmen also. Beispiel für die anderen!

Noch etwas verlangte Hasenhuber: ein großes Rednerpult, rot ausgeschlagen.

Mitzig sagte: Wofür das Theater. Davon wird kein Liter Milch mehr gemolken werden, nirgends.

Wieder knackte es.

Also, alles klar! sagte Hasenhuber und legte auf.

Mitzig fluchte, die Sprechmuschel sorgfältig abdekkend. Er überlegte, wie er das inszenieren könnte:

Der November schloß den Dorfplatz als Ort der Handlung aus. Dabei wäre das die richtige Kulisse, Eiche und grenzenloser Blick aus Wuttkow heraus. Das mit dem Kriegerdenkmal läßt sich lösen wie zum Ersten Mai. Da baut Bolze die Ehrentribüne davor. Zehnmal laufen die Wuttkower an der Tribüne vorbei, damit der Demonstrationszug nicht zu kurz gerät. Es endet mit einer Rede vom Bürgermeister. Die wird mit einem Lautsprecher über Wuttkow gejagt. Daher versteht sie auch Frieda Lärke trotz des kreschenden Fettes, in dem sie Würste brät. Frieda hört gern Reden.

Der Dorfplatz hat einen offiziellen Namen. Der wechselte mit der Geschichte, hatte aber mindestens immer zwei Bindestriche und wurde jedesmal für alle Zeiten verliehen.

Ein Vorfahre Friedas hatte eine gute Nase, als er sich bereit erklärte, das Namensschild an sein großes eichenes Hoftor zu nageln, denn die Gemeinde richtete das Hoftor bei jeder Namensänderung neu her.

Die Wuttkower mogelten sich um alle Schilder herum und sagten: Dorfplatz.

Mitzig seufzte, ihm fiel kein anderer Rahmen für die Wanderfahnenverleihung ein.

Er verpackte sich in Gummizeug und knatterte mit seinem LPG-Moped aufs Feld. Seinen Bauch wärmte ein Teekübel, der halb auf dem Tank und halb auf dem Sitz klemmte. Mitzigs Beine balancierten den Kübel aus. Die überlangen Arme ermöglichten Gasgeben und Lenken.

Bevor die Teewärme durch Kübel und verschiedene Hosen bis zu Mitzigs Beinen drang, nahm Littig das Ding ab.

Littig griesgramte über das Wetter und über Mitzig. Der hatte ihn aus seinem Stall als Brigadier zur Rübenernte geschickt. Littig holte sich auf dem Feld so kalte Füße, daß seine Frau im Bett kreischte.

Der lehmige Boden war von tagelangem Nieselregen durchweicht und klammerte sich an die Rüben und die Räder der Maschinen. Bei jedem Stiefelschritt zutschte es.

Scheißrüben! sagte Littig und trank aus einer Plasttasse heißen Kräutertee.

Juschko quälte seine Zugmaschine zu den beiden. Er sprang aus dem Fahrerhaus. Zu kurz, er quatschte bis zum Stiefelrand im Schlamm. Mitzig zog ihn an den rettenden Feldrand.

Juschko nahm Littig die Tasse aus der Hand, spülte sie mit Tee aus und schöpfte sie für sich voll.

Littig sagte: Am besten warten, bis es abgetrocknet ist.

Quatsch nicht, sagte Juschko, höchste Zeit für die Rüben.

Er schnappte den Deckel des Kübels zu, stellte die Tasse darauf und stieg auf seine Maschine.

Mit einer schwarzen Rauchfahne zeichnete der Traktor weithin sichtbar die Spur der Wuttkower Zuckerrüben nach.

Schnauze voll, sagte Littig.

Dabei schreist du am lautesten nach Rübenschnitzeln für deine Viecher, sagte Mitzig.

Er hätte beinahe das Wichtigste vergessen, die Wanderfahnenverleihung. Mitzig setzte sich auf das Moped, schlug nach hinten aus, um es anzutreten, sagte:

Weitermachen!

Und fuhr dem fluchenden Littig davon.

Vor Leibischs Tür kratzte Mitzig Modder von seinen Stiefeln. Er zitterte von der feuchten Kälte.

Ist geschlossen, antwortete Leibisch auf das Türrütteln.

Mach mal 'ne Ausnahme, bei dem Sauwetter, sagte Mitzig.

Leibisch steckte den Kopf aus der Tür: Du bist's.

Er ließ den LPG-Vorsitzenden in den Gastraum schlüpfen.

Drinnen wurde es nie Tag, auch bei Sonnenschein nicht. Das lag an den ungewaschenen Stores, den schlecht geputzten Fenstern und an der riesigen Kastanie vor der Kneipe.

Die Stühle streckten ihre Beine auf den Tischen der verräucherten Decke entgegen. Von der hingen staubbeladene Spinnwebenfäden herunter, die in der Luft zitterten. Die Tapete war großmustrig und verblichen. Auf allem lag ein brauner Nikotinfilm.

Mitzigs Alltagsaugen hatten das noch nicht wahrgenommen, erst die Rahmensuche für Hasenhuber machte ihn sehend.

Leibisch kippte die Stühle von einem Tisch und setzte Wasser für Grog auf. Er spitzte die Lippen, das war seine Verlegenheitsgeste.

Sie sprachen vom Wetter und den Rüben und daß es sich Frieda nicht abgewöhnte, Buchteln zum Mittag zu kochen. Das interessierte auch Leibisch. Er bezog sein Mittagessen aus der LPG-Küche, so billig hatte er es zu

Hause nicht. Die süßen Buchteln rächten das mit Sodbrennen.

Hast'n Haufen um die Ohren, sagte Mitzig und zeigte auf den Eimer mit Schrubber.

Die Knie von der Hanne werden halt immer schlimmer, sagte Leibisch.

Die Hanne war seine Frau, und ihre Knie stießen einander ab. Sie bejammerte ihr Schicksal fleißig.

Sie lebte mit der Rechnung: Je mehr Gejammere, um so mehr ihrer Pflichten übernahm der Mann. Sie jammerte sich ihr Leben erträglich.

Auch Leibisch hatte seine Jammerrechnung: Je mehr die Frau jammerte, um so mehr Nicht-jammer-Stunden erhandelte er sich bei einer Frau in der Stadt.

Der Wasserkessel pfiff.

Die Frau brubbelte in der Küche ihr: Achgottachgottachgott.

Tschuldige, sagte Leibisch und goß das kochende Wasser zum Weinbrandverschnitt billigster Sorte.

Erst vom Dampf taute Mitzigs Nase auf. Für einen Tropfen kam das Taschentuch zu spät. Er verschmierte ihn mit dem Ärmel der Gummijacke.

Sehr warm hastes nicht, sagte Mitzig.

Hanne fädelte sich in das Gespräch: Bei die Kohle! Nur noch Asche und Sand.

Leibischs sparten an allem. Sie nutzten am Abend die Wärme der Gäste aus. Leibischs wärmten sich an dem Schnippchen, das sie den Kosten schlugen. Außerdem hatte der Vater von Leibisch die Kneipe mit der Weisheit vererbt: Kalte Kneipe – viel Schnaps, viel Schnaps – viel Umsatz, viel Umsatz – viel Besoffenheit, viel Besoffenheit – viel Beschiß.

Im weiteren verhandelte Mitzig um den Rahmen der Bannerverleihung.

Leibisch spürte ein Geschäft und versprach, auf Kosten der LPG den kleinen Saal, der seit Jahren unbenutzt war, herzurichten.

Mitzig wollte bezahlen. Leibisch, geschäftstrunken, wehrte ab. Hanne piesackte ihn deshalb mit Blicken.

Sie watschelte mit offener Hand zu Mitzig.

Vierzweeundsechzig! sagte sie unter Stöhnen.

Nachdem Mitzig gegangen war, beschnäpselten sie noch, daß Hanne die Scharte mit der Spendiererei ausgewetzt hatte, daß Mitzig Leibischs Grog mitbezahlte, daß Mitzig zehn Mark gab, weil Leibisch nicht wechseln konnte, daß ein großes Geschäft in Aussicht stand und daß sie dieses Geschäft auszudehnen gedachten.

Mitzigs Augenblicksglück lag darin, daß er von letzterem keine Ahnung hatte.

Dennoch sagte er abends auf knarrendem Bett zu Marlene:

Ist schon ein Kreuz mit dem Wettbewerbssieg. Vergällt einem alles.

›Alles‹ war übertrieben. Er wickelte sich wieder aus seiner Zudecke, um unter die von Marlene zu kriechen.

Die Restzeit bis zum Tag vor der Verleihung besetzte die Rübenernte.

Zum Frühstück holte die Juschkon, in ihrer Schürze eingewickelt, die letzte Rübe vom Feld.

Im Frühstückswagen roch es nach Füßen, die Gummistiefel überhaben, nach Arbeitssachen, nach Erde und nach Feuchtigkeit. Wen interessierte das?

Die Juschkon wickelte aus der Schürze eine Rübe als Trophäe, daß sie es trotz des nassen Herbstes bis zur Kirmes geschafft hatten.

Die Umsitzenden johlten.

Die Juschkon präsentierte eine Rübe mit phallusartigen Auswüchsen.

So ville auf eenmal, sagte die junge Kuscherova und hielt sich das Kopftuch vors Gesicht.

Die Juschkon sagte zu Littig: Die kannst'e deiner Frau mitnehmen.

Der versuchte sich in seinen Gummianzug zurückzuziehen, wie eine Schildkröte in ihren Panzer.

Die Juschkon verhinderte das: Da brauchste daann nicht mehr jeede Mittagsstunde heeme renn!

Die Kuscherova nahm das Kopftuch wieder vom Gesicht und lachte ihre Verklemmtheit beiseite.

Die Juschkon war zufrieden mit ihrer Rübenwahl. Das würde im Dorf zwei Tage für Gesprächsstoff sorgen. Sie wäre mit ihrer Rübe in aller Munde.

Daß sie sich irrte, lag an Hasenhuber und der Wanderfahne. Vorerst jedoch stellte Mitzig neben die phallusträchtige Rübe den Teekübel auf die rissige Tischplatte, verteilte an jeden einen Plastebecher – was schon auf die Ausnahmesituation hinwies –, kellte ein und sagte:

Prost!

Das war keine Übertreibung, man roch es.

Mitzig hummelte bald wieder aus dem Frühstückswagen zu Tischler Bolze. Hasenhuber hatte wegen der morgigen Verleihung angerufen.

Bolze sagte: Paß off, daß de nie wieder Erster wirst. Der Leibisch kommt nach ner Nixe und du nach'm Rednerpult.

Nixe und Rednerpult waren für Mitzig zu entfernt, als daß er beides miteinander hätte verknüpfen können.

Er eilte ins Büro zu seiner angefangenen Dankesrede. Ein oder zwei Zeitungsartikel galt es noch einzuflechten.

Leibisch nagelte unterdessen an die Kastanie vor der Kneipe ein handgeschriebenes Plakat:

Erstmals drei dolle Tage in Wuttkow!!

Am Abend deklamierte Mitzig zu Hause seine Rede. Nelli kicherte dazu, und Marlene wusch ab.

Auch Hasenhuber übte seine Rede. Er posierte vor dem Spiegel der aufgeklappten Schranktür im Schlafzimmer. An der Seite des Schrankes hing der Bügel mit dem Anzug, darüber der Schlips. Das Hemd lag auf dem Bett, daneben die lange Unterhose. Ein Funktionär trägt selbst die Verantwortung für seine Gesundheit, pflegte Hasenhuber zu sagen. Das »selbst« verstand er in dem Sinne: Auch das noch, seht, wie schwer ich es habe.

Die Unterhosen waren nur dreiviertellang, damit nichts herauslugt, wenn er im Präsidium sitzt.

Beim Reden wackelte Hasenhubers Anzug vom Luftzug, und der Schlips rutschte herunter. Das wirbelte unterm Schrank Staubflocken vor.

Er gestaltete seiner Frau den Abend mit Geschrei und Festlegungen zur Reinlichkeit.

In Wuttkows Kneipe dagegen war Hochstimmung.

Frieda hatte am Mittag Buchteln aus ihrer Luke geschoben. Das Schiebefenster als Meckereischutz halb zu, hatte sich Frieda in Abständen unter das Fenster hindurchgebückt und mit verkniffenem Gesicht gerufen:

Wäms nicht paßt, geht heeme essen!

Littig hatte die Buchteln ohne Vanillesoße gegessen. Er bestellte jetzt bei Leibisch heiße Knacker.

Beim Reinbeißen spritzte das Fett. Drei Knacker mutete er dem Buchtel-Magen zu.

Er spielte Skat am Stammtisch.

Juschko mischte und teilte aus.

Bei »Achtz'n« grollten in Littig Buchteln und Knacker miteinander, bei »Zwannzich« jagten sie sich, bei »Zwo« sprang Littig auf.

An die Kneipe schlossen sich Stall und Scheune an. Leibisch fütterte einen Bullen und drei Schweine. In der Mitte des Hofes war der Misthaufen. An den stellten sich die Männer, um der Umständlichkeit des Herzhäuschens zu entgehen.

Littig zögerte am Misthaufen, knöpfte die Hosenträger vorn ab und preschte doch weiter. Die Schnepper der Hosenträger hüpften funkelnd hinterdrein.

Am Stammtisch warteten sie auf ihn. Juschko fieberte mit einem Grand-Hand mit vieren auf das Spiel, um es als Denkwürdigkeit an der Kneipenwand hinter Glas zu verewigen. Er sagte sonst bei guten Spielen: Ich zieh' euch die Hosen runter!

Er ärgerte sich, daß Littig ihm diesmal zuvorgekommen war.

Nach sechs Bieren sagte Juschko: Nu kann egentlich nüscht mehr drinne sein in dem Kerle.

Bei der einsetzenden Rettungsaktion verteidigte Juschko heldenhaft seinen Grand. Aber das Schicksal verhinderte Juschkos Verewigung.

Ins Dorf stürzte sich die Nachricht: Der Littig steckt in der Scheiße!

Marlene sagte zu Mitzig: Stell dir vor, der Hasenhuber wäre morgen dort eingebrochen.

Sie lachte.

Schade, einer wie Hasenhuber bricht nirgends ein.

Mitzig gewann der Sache keine spaßige Seite ab. Er lag wach und dachte darüber nach, was Wuttkow doch für ein lausiges Nest geblieben ist in der neuen Zeit. Ohne Kultur, sogar die Bretter vom Abort in der Kneipe sind morsch. Und überall war zu lesen, daß die Kultur das Land erobern solle.

Am Morgen schmolz bei Mitzig der Abstand von Rednerpult zu Nixe auf 1,50 Meter.

Leibisch kommentierte seine Dekoration:

Da vergeht dir Hören und Sehen!

Ballonbusig schwebte die Nixe in einem Meer von Papiergirlanden mit gierigem Blick auf das Rednerpult zu.

Gleich fürn Fasching mit, sagte Leibisch, bißchen Kultur in Wuttkow reinbringen.

Die Nixe erregte bei den Wuttkowern Aufmerksamkeit und bei Hasenhuber Unsicherheit.

Er redete sie sich weg und war froh über seine langen Unterhosen. Der Eisenofen glühte zwar, und das verschlungene Ofenrohr knackte und roch brenzlig, aber der Granit der Wände atmete bedächtig die Kälte von Jahren aus.

Mit erhobenem Zeigefinger wies Hasenhuber den Wuttkowern den Weg und beschwor etwas Neues herauf: die sozialistische Menschengemeinschaft.

Gleichheit aller. Siegeszug der Kultur auf dem Lande. Dorf und Stadt ohne Unterschied. Seine Spiegelgesten waren eingerahmt vom Busen der Nixe, ein schwergewichtiger Rahmen.

Die Männer tauschten unterdessen ihre Erfahrungen mit Brüsten aus. Ihre Hände wurden zu Waagschalen. Es entstand der Eindruck, als kenne die Welt keine flachen Frauen.

Bei Vergleichen fiel öfter der Name der Littig-Frau.

Frieda verkniff den Mund.

Leibisch steckte den Kopf zur Tür herein. Das Eigelb auf dem Hackepeter hatte sich schon eine Haut gewartet.

Die quasseln nur, sagte er zur Hanne. Keen Umsatz.

Hasenhuber griff zur Wanderfahne. Auf rotem Grund prunkte eine goldene Milchkanne und verkündete strahlend das Wort Sieger.

Bei der Übergabe an Mitzig verhedderte sich die Fahnenstange im Gestrüpp der Girlanden. Die Bauern rekelten sich, die Sicht zur Nixe war verdeckt.

Hasenhuber ließ einfach los und klatschte kräftig in die Hände und nickte wohlwollend. Jetzt mußte Mitzig mit der Bürde fertig werden. Er versuchte es mit roher Gewalt. Da aber alle Girlanden zu dem zentralen Punkt

Nixe strebten, wackelte die und versank in den Fluten des roten Fahnentuchs.

Die Brustspitzen streiften Hasenhuber und hinterließen eine fleischfarbene Spur auf seinem Anzug.

Beifall. Langanhaltender Beifall, wie die Presse später berichtete.

In der Auswertung sagte Hasenhuber zu Mitzig: Das Melken allein macht nicht den Sozialismus. Du wirst dich strecken müssen, um Schritt zu halten.

So hatte Mitzig wieder ein großes Ziel: die sozialistische Menschengemeinschaft – und ein Nahziel: Kultur nach Wuttkow.

Er dachte an die Atlantis-Visionen von Johannes am Philosophenstein und die Möglichkeiten, das Leben danach zu biegen. Ein anderer Gedanke sproß wie eine Hefezelle: Womöglich würden Wuttkow und er bei der beginnenden Zentralisierung übersehen, und sie wären dann statt Mitte lediglich Rand.

Die Lösung fand er auf seiner Linie Neubau-Konsum: ein zentrales Landkulturhaus.

Die Nacht hatte Mitzig Augenringe gezeichnet. Der Sturm trieb den Winter vor sich her und verdrängte das nieseltrübe Wetter.

Mitzig streckte dem Wind die Stirn entgegen. Die Kälte verdrängte seine Schlaftrunkenheit. Er war unterwegs zum Bürgermeister.

Wuschko hackte auf seinem Acker Rüben. Er war der letzte, bei dem sie noch im Boden steckten. Das kostet ihn zur Kirmes ein Faß Bier.

Die Wuttkower sagten:

Wen die El Pe Ge einholt, ist kein Bauer.

Das wollte Wuschko auch nicht sein. Er betrachtete das als Gegengewicht zur Bürgermeisterarbeit.

Plötzlich fuchtelte Mitzig am Feldrand mit den Armen. So aufgeregt, dachte Wuschko und hatte keine

Lust, sich seine Ausgleichsarbeit verdrießen zu lassen. Er sah und hörte vorerst nichts. Das brachte ihm aber nur den Zeitgewinn, den Mitzig brauchte, um an des Bürgermeisters Schulter zu gelangen und diese zu rütteln.

Morg'n, sagte Wuschko. Reitest wohl auf deiner goldenen Milchkanne.

Mitzig winkte ab: 'ne Schande für Wuttkow, die Kneipe. Und der Bürgermeister hackt seelenruhig Rüben.

Die müssen raus, sagte Wuschko, womöglich kommt Schnee.

Er beschnüffelt den Wind nach dem zukünftigen Wetter.

Riecht ganz danach.

Dem Bürgermeister hat die Zukunft seiner Gemeinde näherzuliegen, sagte Mitzig.

Wuschko schmiß die Hacke weg.

Gib doch einmal Ruhe! Einfach Ruhe. Nicht vorneweg laufen wollen!

Wuschko wischte sich mit dem Jackenärmel Blasen aus den Mundwinkeln.

Die Zeichen stehen auf totalem Zentralismus, sagte Mitzig.

Ach, sagte Wuschko.

Wie immer die Aktionen hießen, sie versetzten ihm keinen Schrecken mehr. Er hatte zu viele überstanden.

Wuschko sagte: Das erledige ich mit einem Maßnahmeplan. Den schicke ich zum Kreis. Den Rest bringen die Berichte.

Mitzig schrie nun auch: Die legen Dörfer zusammen. Mensch, die zentralisieren deinen Bürgermeisterposten weg!

Wuschko knöpfte den Kragenknopf auf.

Noch ist alles Papier, sagte Mitzig, und wir können Wuttkow herrichten.

Mitzig unterbreitete seine Vorstellungen von einem Landkulturhaus. Wuschko plädierte für zwei Nummern kleiner: Rekonstruktion der Kneipe.

Die Zeit von Klein–Klein ist vorbei! sagte Mitzig.

Wuschko ließ sich breitschlagen mit der Bedingung, daß alles unter LPG-Verantwortlichkeit läuft.

Hasenhuber schlug mit der Faust auf den Tisch. Die Kohle wackelte. Das war eine Repräsentationskohle aus Plast mit goldgeprägtem Marx-Kopf. Marx lächelte listig. Die Kohle war ein Erinnerungsgeschenk des Bergbaus für die Landwirtschaftsflächen, die von Tagebauen zerwühlt wurden.

Mitzig zuckte bei dem Fausthieb.

Hasenhuber sagte: Du hast die Zeit verstanden. Du gehst vorneweg. Bist ein Vorreiter!

Der nächste Schlag von Hasenhuber traf Mitzigs Schulter und segnete das Projekt Kulturhaus ab.

Nach Mitzigs Abgang widmete sich Hasenhuber der Sekretärin. Die goß Blumen. Bei ihr klapste Hasenhuber weit an der Schulter vorbei. Der Gießkannenstrahl verirrte sich auf Hasenhubers handbeschriebene Blätter. Das Wasser weichte seine Worte auf, verzerrte sie und verwandelte sie in bläuliche Tropfen.

Hasenhuber sagte: Die Lücken füllst du mit dem neuen Beispiel Zentrales Kulturhaus Wuttkow. Er betätschelte die Wangen der Sekretärin als Erfolgsgeste. Die Frau machte eine spaßige Drohgebärde und knipste gelbe Blätter von den Pflanzen.

Mit einem zünftigen Beispiel ausgerüstet, verließ Hasenhuber sein Büro in Richtung Versammlungsraum. Unterwegs verständigte er den Kreisarchitekten.

Es galt noch, die Zustimmung der Gemeindevertretung für das Kulturhaus einzuholen. Das war Mitzigs Auftrag.

Wuschko und Mitzig besprachen sich.

Ob die zustimmen? sagte Mitzig.

Der Bürgermeister hausierte mit seiner Tüchtigkeit:

Ich suche mir meine Kandidaten gründlich aus.

Auf der nächsten Gemeindevertretersitzung hielt Wuschko wie bewährt das Referat nach Kreisvorlage. Alles rankte sich um die sozialistische Menschengemeinschaft. Voraussetzung: Das Dorf wird zur Stadt.

Mitzig sprach als erster zur Diskussion:

Jeder zweite Herzschlag gehört der Kultur. Deshalb ist ein Landkulturhaus zur Herstellung der sozialistischen Menschengemeinschaft unerläßlich.

Wozu den Quatsch, rief die Littig-Frau dazwischen.

Das ist Parteilinie, sagte Mitzig. Ohne die würdest du heute noch Unkraut jäten. Wenn du glaubst, das ist alles falsch – bitte, für den Konsum finden wir eine Neue.

Littig saß auf der Stuhlkante und preßte die Knie zusammen. Er vertrat wie immer die Wuttkower Öffentlichkeit.

Littig zischelte zur Frau: Mensch, sei ruhig, denke an das Minus bei der Inventur.

Er hatte Angst vor dem Unkrautzupfen: Das würde die Versorgungslage erschweren, und die Gummihandschuhe machten ihre Finger unangenehm weich.

Littig stimmte dem Bau zu. Schließlich lag ihm seine Frau näher als ein Streit um die sozialistische Menschengemeinschaft.

Nun hatte er zwar keine Stimme, aber es wurde im Protokoll vermerkt: Ungeteilte Zustimmung der Öffentlichkeit.

Auch die Littig-Frau hob die Hand.

Einmütigkeit.

Konferenzen und Beschlüsse benannten den Weg zur Kultur für jedermann.

Mitzig erkundete mit dem Fahrrad einen erhabenen Platz für das Kulturhaus in Wuttkow. Das Schutzblech klapperte. Die Leute argwöhnten, wofür das die Begleitmusik hergibt.

Mitzig stoppte an jedem Hof und reckte den Hals nach markanten Punkten in Wuttkows Umgebung.

Er wiederholte die Tour. Am Ergebnis war nichts zu deuteln: Jener Hügel, auf dem der versteinerte Philosoph saß.

Hierhin mußte der Tempel Kulturhaus.

Bald kreiste eine Wagenburg den Bauplatz ein.

Abschätzend schritt der Bauleiter um den Stein. Im Mundwinkel klebte eine Zigarette, und der Schutzhelm zwängte den runden Kopf ein.

Der Mann schätzte mit Augenschein die Entfernung zum Bagger und zur Planierraupe, stippte mit der Schuhspitze gegen den heruntergesunkenen Kopf des Steinweisen und sagte: Der muß weg!

Debatten in Wuttkow und Ratlosigkeit im Umgang mit dem Weltgrübler.

Juschko, der an die Teufelsvariante der Legende glaubte, sagte: Jetzt schmeißt der Mitzig mit dem Stein nach Wuttkow.

Mitzig bedachte die bisherigen Ergebnisse der Suche nach einer vernünftigen Welt: Der Philosoph versteinerte oder wurde als Teufelsbrocken angesehen, und Johannes verging.

Mitzig wurde Johannes' Vision zunehmend Bürde, dabei hatte er es anfangs als Herausforderung verstanden.

Die Beseitigung des Steins des Anstoßes begründete Mitzig im Dorf mit dem großen Wort Freiheit: Bau-Freiheit.

Aus Wuttkow legte niemand Hand an den Stein.

Mitzig spendierte für die Bauarbeiter einen Kasten Bier und eine Flasche Braunen.

Der Bauleiter legte die Schmiege an den Weisen und stiftelte mit dickem Blei in seinem schmutzig gegriffenen Notizbuch.

Es paßte keines der fertigen Systeme.

Der Mann schlang ein Stahlseil um den Stein und hängte es an einen Traktor. Der duckte sich und wühlte. Die Zuschauer rechneten mit dem Sturz des Weisen. Bis zwei Stahlseilenden an den Ohren der Leute vorbeisirrten.

Der klammert sich fest an der Erde, sagten die Wuttkower.

Danach schlugen die Arbeiter mit Hammer und Meißel auf den Philosophen ein. Der blieb hartköpfig, ergab sich dem Arbeiterwillen nicht.

Der Bauleiter hatte trotz des winterlichen Märztages einen verschwitzten Rücken.

Sprengen! sagte er.

Das nicht, sagten die Wuttkower.

Sie bestachen die Arbeiter mit zwei Kästen Bier und zwei Flaschen Braunen, damit die einen Kran und einen Tieflader besorgten.

Die Wuttkower sagten zu Leibisch: Zu bezahlen hast du den Rettungstrunk. Der Kneiper hatte schon bei der ersten Teufelsabwehr die Zeche getragen.

Bei Geld hörte für Leibisch die Teufelei und Philosophiererei auf.

Scheißlegende, sagte er.

Die Männer tranken ihr Bier in Juschkos Schuppen.

Wer ist auf wen angewiesen, sagten sie.

Am dritten Tag steckte Leibisch seinen Kopf durch die Schuppentür und legte das Geld auf den Hackklotz. Er machte Tür und Mund nicht weiter als unbedingt nötig auf.

Nein, für Leibisch ging auf dem Hügel kein guter Stern auf.

Der Philosoph von Wuttkow ging auf die Reise ins Abseits. Der alte Blaschke sah ihn an seinem Küchenfenster vorbeifahren. Aus dem Holzfeuer prasselte Wärme. Blaschke drehte sich zum Herd.

Er sagte: Ja, ja und hielt den Kopf still.

Der Stein wurde am Giebel der Feldscheune abgeladen. Der Boden dort war weich, deshalb drückte der kopflastige Philosoph allmählich die Wand ein.

Mit dem Kopf durch die Wand, sagte Juschko.

Mitzig besah sich den Schaden und sagte: Alles wegen der Philosophiererei, weil die immer mehr will als geht, und am Ende liegt sie als Stein im Weg.

Um den Wuttkowern den Abschluß des ersten Bauabschnittes zu verkürzen, gab es eine Einweihungsfeier: Die Sauna wurde eröffnet.

Sauna, das klang den Wuttkowern exotisch. Die Littig-Frau verwechselte es mit Eroscenter.

Dort geht's heiß her, sagte sie.

Dafür bürgte ihr eine zerlesene Illustrierte mit hübschen Bildchen.

Das zog die Leute zur Einweihungsfeier.

Es war kalt, sogar Schnee brinkelte. Mitzig ritt in seiner Rede auf der Jubelwelle.

Das Band zerschnitt Hasenhuber. Gemessen schritt er mit geschultertem Handtuch und in Begleitung von Mitzig und Wuschko und weiteren Persönlichkeiten des Wuttkower Gesellschaftslebens zur Saunatür.

Der Beifall, gedämmt durch Handschuhe, klackerte den Hügel hinunter.

Drei aus dem Nachbardorf geliehene Männer bliesen mit rotgeäderten Pausbacken in ihre Hörner. Die Wahl lag zwischen Trauermarsch und Wir sind die alten Germanen. Sie hatten sich für den Trauermarsch entschieden. Das zwang die Weiber zu einem wippenden Gang in die Sauna.

Gerade als Juschko hinterherwollte, knallte der Türschließer die Tür zu. Ein unauffälliger Stadtmann mit kurzgeschorenen Haaren und einer roten Armbinde wies darauf hin, daß Einschwitzen nur für Geladene möglich war.

Die sind eben 'nen Schritt weiter, sagte Juschko.

Drinnen rekelte sich Hasenhuber wohlig auf der Holzpritsche und sagte:

Porentief rein.

Wuschko schluckte an der trockenen Luft und am Unbehagen seines Schwitzprivilegs.

Hasenhuber wischte mit der Hand über die Stirn, besah die Hand und sagte: Sogar die Stirn arbeitet.

Dann erzählte er einen Witz. Mitzig kannte den. Er hatte ihn aus politischer Angst Marlene nur ins Ohr geflüstert.

Ich halt's nicht mehr aus, sagte Wuschko und ging.

Schade, daß du keine junge Bürgermeisterin hast, sagte Hasenhuber zu Mitzig.

Auch Mitzig fühlte sich unwohl bei der Trennung von Offiziellenschwitzen und Volksschwitzen. Hasenhuber klatschte Mitzig auf die nackte Schulter:

Sei nicht so zimperlich, Mensch, die können doch auch, später. Hier sind wir die Fürsten.

Bei den Wuttkowern kam die Sauna bald in Verruf.

Tischler Bolze hatte alles mit Holz ausgekleidet, obwohl der LPG Schalbretter fehlten.

Nur gut, daß der Wuchs des Holzes nicht so verschlungen ist wie sein Weg nach Wuttkow. Sonst wärn höchstens Korkenzieher draus geworden, sagte Bolze.

In eine besonders schöne Eichenbohle brannte Bolze eine Aufklärungsschrift aus einer Saunabroschüre. Die

Überschrift vermeldete – laubumrankt –, daß Sauna zu geistvoller Unterhaltung anregt.

Die Littig-Frau sah sich nach ihren Partnern für ein solches Gespräch um und stieß mit dem Ellbogen auf Frieda Lärke.

Ob das Schwitzen so ville helfen tut, sagte die Littig-Frau.

Frieda betrachtete es als Bemerkung über ihre Leibesfülle und sagte:

Peh!

In der Sauna setzte sich Frieda auf die unterste Pritsche. Das heiße Holz jagte sie wieder hoch.

Vorsichtig erhüpfelte sie den Temperaturausgleich zwischen Holz und Fleisch.

Zum Sprechen kam sie nicht. Karpfenmaulig schnappte sie nach Luft.

Zwei Minuten später schrie sie: Ich trockne zu 'ner Backpflaume!

Sie hetzte aus der Kammer. Zurück blieb der Abdruck ihres Hinterns. Die Littigen sah darauf herab.

Is daas nu Fäätt? fragte die Juschkon.

Die Littigen beobachtete den verdampfenden Frieda-Abdruck und sagte: Nee, da bleiben keine Flecken.

Die meisten Wuttkower beschränkten es auf einen Antrittsbesuch in der Sauna.

Frieda sagte im Konsum: Schwitzen wie a Affe, das tu' ich jeden Tag off Arbeit.

Eine Frau sagte: Von meiner Kusine ihre Freundin erzählt, daß der Mann der Nichte einer Bekannten nach der Sauna mit Herzfaktor ins Krankenhaus mußte.

Andere sagten: Gegen Dreck hilft Seife.

Und: Für son Firlefanz ham nur die Oberschten Zeit.

Der Kern der Dauersaunabesucher schmolz. Mitzig kämpfte mit der Eigengründung eines Saunaklubs dagegen an.

Eine Gründung ohne Anweisung, ohne genehmigtes Statut, ohne Nationale Front, wo das. Dann noch Klub. Das klang nach fremder Welt, nichts für Abgrenzungsstrategien. Hasenhuber erwirkte eine Genehmigung unter dem Begriff Gemeinschaft.

Zu spät, es fehlten die Teilnehmer.

Selbst Wuschko hatte dauernd etwas: Schnupfen, bei dem er nur in Mitzigs Gegenwart schneuzte, vergessenes Handtuch, Kreislaufschwäche.

Eine Weile saunierte Mitzig noch allein. Dann verkümmerte die Wuttkower Sauna zum Höhepunkt bei Ausfahrten und Feierlichkeiten von Hasenhubers Abteilung im trauten Arbeitskreis.

Endlich leuchtete das Kulturhaus als weiße Fackel nach Wuttkow. Über die Toppen geflaggt, ein Schlachtschiff der Kultur.

Hoffentlich kommt's aus dem Trockendock, sagten die Bauleute.

Die unverzichtbare Losung hatte Mitzig wuttkowsch gefärbt und auf sein überpinseltes Ölbild gemalt:

Unser Bau – sicherer Kompaß für die Kultur!

Mitzig hatte sich zu Weihnachten einen Opernführer schenken lassen. Beim Durchblättern legte er zwischen ein paar Seiten Streifen, die er von der Tageszeitung abriß. Er hatte ein Meisterwerk zur Eröffnung des Kulturhauses gesucht. Der Streifen mit Ausrufezeichen hatte seinen Platz bei den Meistersingern.

Den Opernleuten versprach Mitzig zwei Schweine für ein zünftiges Schlachtfest in Wuttkow, auch die Opernleute hatten einen Kulturplan. Ein paar Ausschnitte singen wir, wegen der Schweine, sagten sie.

Am Eröffnungstag grassierte in Wuttkow das Heufieber. Aber die Meistersinger hatten Glück: Es regnete ab Mittag.

Schwierig wurde deshalb allerdings der Erhalt der Damenfrisuren auf dem langen Weg zum Kulturhaus.

Die Frauen waren extra am Tag zuvor zur jungen Kuscherova gegangen. Die arbeitete in der Stadt seit kurzem bei der PGH »Elegante« Welle. An Wochenenden und vor besonderen Anlässen frisierte sie in Wuttkow. Zu den Anlässen zählten Hochzeiten, Taufen, Konfirmationen und Kirmes. Von dem zusätzlichen Geld kaufte die Kuscherova Bildbände von fernen Ländern, von denen einige um die Ecke lagen.

Das Fremdartige hat se von der Mutta, sagten die Wuttkower, aba Haareschneiden kannse.

Die junge Kuscherova stellte an den Friseurtagen den Schlafzimmerspiegel auf ihr Stubenbüfett. Auf den Tisch legte sie eine frische Leinendecke. Sie lachte und kochte Kaffee, den die Frauen mitbrachten. Hier wurden auch Kuchen und Plätzchen nach neuesten Rezepten erstmals in fachkundigem Kreis verkostet.

Die alte Kuscherova saß in der Ecke und verschmolz im Dämmerlicht in ihrem Schwarz mit dem Sessel. Mit den Fingern kniffelte sie leise am Rock und dachte an die Vergangenheit: das Holzhaus mit der sumpfigen Wiese, auf der sich die Kraniche sammelten.

Der Regen wurde zum Abend des Eröffnungstages hin stärker. Die Frauen sicherten ihre Köpfe mit Nylonhauben und Regenschirmen.

Die Männer behalfen sich. Unter Juschkos Anorak schwalbte das Jackett hervor und bekam nasse Schwingen.

Über eine Freitreppe hasteten die Wuttkower in den Tempel. Sie wurden von zweiflügeligen Eingangstüren verschluckt.

Zwischen den Säulen der Halle zwergte ihr Mut zusammen.

Die Ehrengäste belegten die erste Reihe. Dahinter

verstreuten sich die Wuttkower, die Pflichtstadtgäste und ein paar aus den Nachbardörfern.

Die Littig-Frau nestelte noch an ihrem Ausschnitt.

Frieda Lärke bescherten die Meistersinger eine wunde Zunge. Sie lutschte Eukalyptusbonbons gegen die Schwatzsucht mit der Postwitwe neben ihr. Die trällerte zur Tagesbewältigung gern ein Liedchen. Bei der Musik würde sie sich die Zunge verdrehen. Die ist nicht für den Tagesgebrauch, dachte die Postfrau.

Juschko schlief, obwohl die Anzughose kratzte. Die Frau rungste ihn, wenn er wegen des engen Schlipses schnarchte.

Nelli raschelte mit einer Tüte Mintkissen. Die waren ihr Mitkommensanreiz.

Die Pflichtgäste hofften auf ein schnelles Ende. Sonst verpaßten sie völlig die Fußballübertragung und hätten ihr Mitspracherecht am nächsten Tag verwirkt.

Die alte Kuscherova polkte unter ihren Fingernägeln Klümpchen von Gartenerde heraus.

Wuschko fipselte nach seinen Kaninchen. Er war unsicher, ob er in der Aufregung die Boxen mit einem Holzkeil gesichert hatte. Die Biester hauen mir nichts, dir nichts ab, dachte er. Diese Musik würde sie meilenweit aus Wuttkow jagen.

Für den Buchhalter Fänniger löste sich die Musik in Zahlen auf, die sich um seinen Hals legten. Er rieb und rieb den Nacken. Die Frau stieß ihn in die Seite. Die Wuttkower verfolgten den Zweikampf. Er endete vor der Pause damit, daß die mühsam angeringelten Locken der Frau versträhnten und beim Mann das Weiß des Kragens dunkel einränderte.

Leibisch schimpfte in der leeren Gaststube auf die Kultur, die ihn ruiniere.

Der Mitzig macht alles verrückt in Wuttkow, sagte Leibisch.

Dorfleben zerstört
Mitzig als Störenfried

Nicht lange hin, und die Wuttkower spöttelten über das neue Kulturhaus: Mitzigs Jahrhunderthalle.

Die Littig-Frau verteilte im Konsum ihre Ansicht zum Kulturhaus:

Das is wie eine Hose auf der Wäscheleine. Vom Winde aufgebläht, aber nischt drinne!

Das formten die Leute zu einem Gerücht. Es bahnte sich den Weg über die Grenze zu Josephine Rohschott: Bei dem Mitzig ist nischt mehr los in der Hose. Rohschott verallgemeinerte: Das Sistem ist impotent.

Mitzig versuchte es beim Kulturhaus noch mit der Aktion Konzertwinter auf dem Lande. Im Anschlagkasten forderte Wuschko alle Einwohner auf, der Konzerteinladung Folge zu leisten. Er setzte einen Satz hinzu, den er sehr oft hörte: Das dokumentiert die Verbundenheit zur Politik unseres sozialistischen Staates.

Die Wuttkower verwunderte sehr, was geigen und auf die Pauke hauen mit Sozialismus gemein haben.

Die Wuttkower Dorfgemeinschaft wurde keine rechte Kulturgemeinschaft.

Aber eins hörte Leibisch fortan öfter: Deine Gaschemme! Mitzig versprach eine vernünftige Gaststätte im Kulturhaus. Die Leute mäkelten bei Leibisch an allem herum: Arschkälte, roochige Bude, stinkende Höhle. Bei der Tapete denkste, da sitzt dir eener im Genick. Egal Knacker und Bockwurscht. Der knausert sogar am Senf.

Leibischs Geschäft drohte zu versickern. Das zwang ihn zu Verbesserungen. Er klebte neue Tapete an. Überall Deckentapete, die war billiger. Er holte im Wald Brennholz und feuerte so kräftig, daß Juschko den Pullover auszog und sagte:

Der Leibisch dreht durch.

Er zwinkerte zu seinen Stammtischkollegen.

Die sagten: Wird ja ooch Zeit bei dem Schuppen.

Sonst kanna den Strom ooch noch sparen, weil keener drinne sitzen tut.

Bei solchen Reden krümmte sich Leibisch am Tresen. Er grüßte Mitzig nicht mehr und strich ihm die Dauerbestellung Pilsner am Sonnabend.

Das Kulturhaus wurde zum Stein am Hals der LPG.

Mitzig und Hasenhuber schafften es, den Ballast an die Staatskasse zu hängen. Der Kreis nutzte das Haus für die Kreistage, die bisher in einer fensterlosen Halle stattfanden. Benzineinsparungen trieben die Volksvertreter wieder zurück.

Ein letzter Geschäftspartner war die Konzert- und Gastspieldirektion mit aufmunternden Programmen. Das Fernsehen hatte die Leute dafür trainiert. Die auswärtigen Besucher brachten Bus- und Autoverkehr nach Wuttkow. Sie rümpften die Nase gegen den Mistgeruch und sagten:

Sind halt Dorfheinis.

Sie freuten sich auf die Wackelhintern des Programms.

Der Wunsch nach einer Gaststätte im Kulturhaus gärte weiter. Von Zeit zu Zeit stieg eine Gerüchteblase auf. Leibisch eiferte dann beim Bedienen besonders mit Freundlichkeit. Seine Lachmuskeln katerten an dem Verhalten.

An allem ändert auch Mitzigs Tod nichts, denkt Leibisch. Es ist in die Welt gesetzt.

Er wischt mit dem Lappen zum ... zigsten Mal über den Tresen.

Unruhe, nur Unruhe hat der Mitzig gebracht, sagt Leibisch in seinen Gastraum und wirft den Lappen hinterher. Der verfängt sich an einem der nach oben gestreckten Stuhlbeine. Nachdem der Lappen ausgependelt hat, beschließt Leibisch, doch endlich zum Stoppeln zu fahren.

Mag Hanne die Totenkeule zu den Juschkos humpeln. Der Juschko wird fluchen, weil es dann ewig dauert. Aber was geht das Leibisch an.

Juschkos Frau ringt mit einem Teufel, der bei ihr Abnutzung heißt, Abnutzung ihrer Knie.

Siehste bei die Leibischen, wie schnell das geht, sagt sie.

Einen Teufel bekämpft man hergebracht am besten mit Glauben. So glaubt die Juschkon als Kind gehört zu haben, daß Einreibungen mit Brennesseln helfen gegen allerlei.

Zu allerlei – glaubt sie – gehören auch die Kniegelenke. Die Bestätigung für die Richtigkeit holt sie sich aus dem Glauben, daß ohne Brennesseln ihre Knie bereits schlimmer wären als die der Leibischen.

Um den Glauben zu ertragen, glaubt die Juschkon, daß der ausgepreßte Saft der Heilpflanze ebenso wirkt wie die Einreibungen mit intakten Brennhaaren.

Deshalb führen in Wuttkows Umgebung die Brennesseln ein unruhiges Leben, ein Opfer des Glaubens. Unermüdlich sammelt die Juschkon, mit Handschuhen bewehrt, die Pflanzen und preßt viele Liter Saft aus.

Für den Winter weckt sie einen Vorrat ein.

Jeden Morgen und jeden Abend reibt sie den Saft auf die Knie.

Zweiflern an ihrer Methode kontert sie: Mit die Knie haab ich noch nie waas gehabt.

Das ist unumstößlich.

Juschko ist freilich der Meinung, daß sie lieber mit dem Saft den Mund spülen solle, weil der Sprechapparat bei ihr doch das beanspruchteste sei. Ihm lag daran, weil eine Spülung zur Voraussetzung einen geschlossenen Mund hat.

Zu solchen Vorschlägen macht sie: Peäh, dreht sich um, streckt den Kopf hoch und klagt zweistimmig, den Part des Mannes mit übernehmend.

Die Kirchenglocken läuten.

Zwölfe, sagt Juschkos Frau.

Sie schiebt die Bratpfanne mit dem Schmorfleisch an den Herdrand.

Mit dem Äässen waarten wir, biis die Totenkeule hier ist, sagt sie zum Mann.

Die Küche ist hoch und schummrig. Die Lichtstäbchen, die das kleine Fenster in der oberen Ecke bündelt, fallen im Raum weit auseinander. Der Kalkanstrich verrußt nach oben zunehmend.

Das ist nicht die gute Küche. Die ist hell, und in ihr stehen weiße Sprelacartmöbel und ein Elektroherd. Dort halten sich Juschkos zu Feiertagen auf. Gekocht wird dann trotzdem in der alten Stallküche.

Das Wachstuch auf dem strammbeinigen Tisch ist mit Reißzwecken festgemacht und von zahlreichen Messerschnitten verwundet. Juschko polkt eine solche Wunde auseinander und reinigt mit dem starren Rand seine Fingernägel. Dann wischt er mit dem Unterarm darüber und holt die Teller aus dem Küchenschrank. An der Schrankscheibe stecken die Rechnungen von der BHG über Düngemittel und Kohlen, eine Einladung zur Versammlung beim Bürgermeister, die Zeitungsabrechnung für das Lokalblatt und die sorbische Zeitung, eine verstaubte Mainelke und ein Brief.

Aus der Schublade nimmt Juschko zwei zerkratzte Aluminiumlöffel. Sie essen alles mit dem Löffel. Das Fleisch zerschneidet die Frau auf dem Pfannendeckel.

Juschko schlägt mit dem Löffel im Wartetakt auf den Tisch.

Die Frau rückt unwillig an den Töpfen auf dem Herd, die Schürze benutzt sie als Topflappen.

Zwölfe durch, sagt er, längst!

Juschko hat Hunger. Es ist Essenszeit, und noch dazu Sonntag. Am Sonntag läßt er nicht gern rütteln. Da legt er sich Mittag auf das hochlehnige Sofa. Das sorbische Muster auf dem Samtbezug hat sein Rücken dünn gescheuert. Zum Dösen hört er die Blasmusik vom Deutschlandfunk. Zum Nachmittag hin kann wieder über ihn verfügt werden.

Wir waarten, sagt sie.

Ihre Schürze beult vor dem Bauch von der rechten Hand, mit der sie nach einem Topfhenkel greift.

Durchgeschüttelt, verdampft vom Rotkraut letzte Flüssigkeit. Die Juschkon kippt Wasser nach.

Wird schön dünne werden, sagt Juschko.

Gegen ihre Festlegungen ist er machtlos. Er bringt sich vor ihrem Gerede und Aufträgen im Holzschuppen in Sicherheit.

Holzhacken beruhigt Juschko. Drei Pyramiden Scheite zeigen hinter dem Schuppen sein Aufregungspotential an.

Bewundernden Betrachtern sagt Juschko: Das ist nur für die Not.

Und er verweist auf die vierreihig geschichteten Holzscheitewände im Schuppen.

Die Frau meckert: Holzrammlich ist där.

Sie behauptet, Hornissen nisten zwischen dem Schuppenholz. Sie hatte mal eine gestochen. Danach rannte sie mit Geheul im Dorf herum, Abschiedsbesuche zu machen.

Drei Stiiche teeten een Pfärd. Da iist bei mir schwaachen Frau ein Stiich zuviel, sagte sie.

Nicht mal 'ne Kaule ist, sagte Juschko. Vielleicht war's 'ne Mücke!

'ne Miecke. Peäh, sagte sie, wägen dem Brennesselsaaft hatte ich Gliecke!

Seitdem meidet die Frau den Schuppen, und Juschko schenkten die Hornissen eine Insel.

Er zerhackt sorgfältig eine Rolle in gleichmäßige Scheite. Das Holz ist aus dem Wald, der ehemalig ihm gehörte. Er hält den Wald in Ordnung, begründet er den Holzvorrat.

Beim Hacken wälzt Juschko seine Weltprobleme.

Er versucht, das eben Gehackte wieder zu einer Rolle zusammenzusetzen: Was einmal getrennt ist, geht nicht mehr zusammen. Das denkt er, weil sich sein Halbbewußtsein mit Mitzig beschäftigt. Er sagte das zu Mitzig, als der die Trennung in Tierproduktion und Pflanzenproduktion vorantrieb.

Alles ist ein Kreis, sagt Juschko, das darf keiner auseinanderbiegen. Ummäntelungen stehen genug an: Kooperation, einheitlicher getrennter Reproduktionsprozeß.

Boden – Tier – Boden heißt der Kreis.

Juschko ist bei der Sache mit den Möhren.

Mitzig erweiterte in der LPG den Mohrrübenanbau.

Die Frauenbrigade hackte Unkraut.

Die Junisonne brannte den Acker aus. Das Möhrenkraut hing schlaff und hatte nichts übrig für eine Möhre.

Die Frauen bildeten drei Gruppen, die sich danach zusammensetzten, wer mit wem in Fehde lag und wer wessen Familienverhältnisse durchhechelte. Die jeweils außen Häckelnden achteten darauf, daß die eigene Gruppe weder zurückblieb noch ungebührlich vorpreschte.

Am Morgen mischte sich manche Zote und kräftiges Lachen in die Staubfahne.

Mittag sagte die Zotte-Frau: Bei der alten Kuscherova sind Sonntag die Kartoffeln wieder angebrannt.

Die wird reeneweg nich' heimisch in Wuttkow.

Die Möhrenzeilen nahmen kein Ende.

Am Nachmittag trockneten die Gespräche ein. Die Zotte-Frau steckte ihre Hacke mit dem Stiel in den Akker und sagte:

Der Mitzig tut spinnen, und wir hacken uns bei die Affenhitze blöde!

Die Frauen nickten und banden die Hacken an Sattel und Lenker des Fahrrades fest. Ihre Taschen klemmten sie auf die Gepäckträger.

Gespornt mit den Hackestielen fuhren sie ins Dorf ein.

Revolte in Wuttkow.

Die dünne Zotte-Frau wurde wegen ihres energischen Stiel-in-die-Erde-Steckens zur Anführerin gekürt. Es stand schlecht um die Möhrenbrigade.

Die Juschkon, für die Ferkelaufzucht verantwortlich, klärte schnell und ohne Rücksichten:

Blooß weil ihr den Arsch niicht heben wollt, sollen die Färkel verräcken!

Mit eindeutiger Geste zum Felde hin setzte die Juschkon ihre Mistforke ein.

Die Bewaffnung der Feldpartei klemmte an den Rädern.

Die Zotte-Frau führte wiederum an, nun allerdings den Rückzug zum Felde.

Die Auslegungen des Vorfalls begannen. Jede Partei sprach von ihrem Sieg.

Das ist hergebracht, sagten die Leute.

Auf der Vollversammlung der LPG sagte Mitzig: Es geht ums Ganze!

Er erklärte, wie wichtig für alle LPG-Mitglieder vitaminstrotzende Ferkel seien. Das wirkte sich auf die Bezahlung aller Arbeitseinheiten aus, egal, ob die im Stall oder auf dem Möhrenfeld geleistet wurden.

Also gehen auch die Möhren alle an.

Mitzig verteilte an jeden Genossenschaftsbauern eine Parzelle Möhren zur Pflege.

Die Juschkon sagte zu Frieda Lärke: Die Zotte-Möhren erstiecken im Unkraut!

Frieda Lärke sagte zur Zotte-Frau: Die Juschkon redet über and're, und selber schießt bei der das Unkraut!

Die Zotte-Frau sagte zur Juschkon: Die Frieda tut egal weg tratschen, und das Unkraut blüht.

Am Abend trafen sich die drei zum Hacken auf dem Möhrenfeld und zogen gemeinsam über die Parzellen der anderen her.

Das sorgte für gleichbleibende Qualität.

Die Trennung in Tier und Pflanze änderte die Verhältnisse.

Den Pflanzenbauern brachte das Gewicht der Möhren das Geld. Die Möhren aber wuchsen erst im Herbst auf Masse.

Oder es wurden andere Arbeiten wichtiger:

Mitzig beorderte Juschko, der ein paar Möhren für die Ferkel ausfuhr, zum Kartoffelroden.

Juschko sagte: Die brauchen unbedingt für die Ferkel Möhren!

Er wußte das von seiner Frau, die weiterhin im Stall arbeitete.

Mitzig sagte: Beim besten Willen, die Kartoffeln müssen raus.

Beides stimmte.

Die Juschkon sagte zu Hause zum Mann: Der Mitzig haat nur Aangst um seinen Beispielrang.

Juschko zuckte mit den Schultern.

Sie benutzten einen Weg der Mitte. Das war eine

Gratwanderung auf der Feldbrücke über den Graben. Der hieß an dieser Stelle Wiesenwutschengraben, schwoll weiter unten zum Dorfgraben an und floß als Eichengraben ins Drei-Eichen-Moor.

Mit einem Handwagen karrten die Juschkos Möhren vom Pflanzenfeld in den Tierstall. Jeder sicherte nach seiner Seite. Der Wagen kippte.

Die Wuttkower staunten in den Dorfgraben, in dem Möhren anstelle von Fischen schwammen.

Der Juschko verhökert unsere Möhren, damit seine Alte mehr verdient, sagten die Pflanzenbauern.

So kümmerten die Ferkel, und die Kartoffeln wurden gerodet.

Das müßt ihr durch Kooperation lösen, sagte Hasenhuber. Die Potenzen der neuen Produktionsweise voll ausschöpfen!

Die Gründung der Kooperativen Abteilung Pflanzenproduktion wurde im neuen Sozialgebäude gefeiert. In dem Gebäude waren Duschen, Toiletten, Friedas neue Küche und ein großer Speiseraum.

Richtig pompös, sagten die Leute.

Hasenhuber hielt zur KAP-Gründung eine Rede. In der sprach er von maschineller Großproduktion, von industriemäßiger Produktion in der Landwirtschaft und schwor dem alten, dem erdverbundenen Bauern ab.

Wir sprengen alles Hergebrachte, sagte er. Ohne Zweifel.

Er ließ die Anwesenden die Hände heben. Das hob Mitzig in den Stand eines KAP-Vorsitzenden und Littig in den eines LPG-Tierproduktion-Vorsitzenden.

Wieder geht Wuttkow voran, lobte Hasenhuber.

Da ist der Mitzig Fürscht von Wuttkow, sagte Frieda Lärke.

Und der Littig der Hofnarr, sagte Juschko.

Sie kreischten am Tisch, der mit Brause zu 21 Pfennigen vollgestellt war, und störten Hasenhubers Redefluß.

In Hasenhubers Gesicht kam Unwille.

Blaschke saß am Tisch als Veteran der genossenschaftlichen Arbeit. Er kaute auf seiner Unterlippe und wußte nichts Besseres.

Die Littigen, nunmehr Vorsitzenden-Frau, sagte:

Die von der Pflanze werden den Unterschied vergessen zwischen Ochse und Bulle!

Hasenhuber verrutschte in der Zeile. So oft wie hier in Wuttkow mischten sich die Leute nirgends ein.

Es folgte Mitzig im Redeeinerlei. Er hob die Bedeutung des Futters hervor, das die Pflanzenproduktion der Tierproduktion ausreichend und in hoher Qualität bereitzustellen habe.

Das ist, sagte Frieda Lärke, wie kochen, ohne zu wissen, für wen und was der will.

Worauf die Juschkon die Frieda auf den wunden Punkt Buchteln hinwies.

Frieda trank verärgert den Wein aus dem bereitgestellten Anstoßglas. Mit dem Wein hatten schon viele Gründungsbeiwohner geliebäugelt. Frieda ermutigte sie.

Hasenhuber erhob sich zum Toast. Dabei wiederholte er seine ebenerste Rede. Steter Tropfen höhlt, sagte er immer. Keiner wußte, ob er Stein oder Kopf meinte.

Vor dem Anstoßen trat eine Verzögerung ein: es mußte Wein nachgeschenkt werden.

Doppelte Gründungskosten.

Die Kap macht glei bei der Gründung miese, sagte Frieda Lärke.

Mitzig zweckte an seine Bürowand eine Flurkarte. An dieser Stelle hing früher bei den Pollkes der Elfenreigen.

Mit einem roten Filzstift umkreiste er das KAP-Gebiet. Die längste Ausdehnung betrug 60 Kilometer.

Außer Wuttkow lagen noch drei Dörfer in dem roten Kreis.

Mitzig faßte die Felder zu KAP-gemäßen Schlägen zusammen. Schwarz rahmte er ein, was sich dabei den ebenmäßigen Vierecken in den Weg stellte: Bäume, Wäldchen, Sträucher, Hecken, Brachland, Gräben, Teiche, Wege.

Ein Baum oder zwei oder drei oder mehr verringerten zum Beispiel die Anbaufläche und verbogen die Technologien und die Spuren der Großmaschinen zu einem Kurvengeknäuel. Mit einer Motorsäge war schnell Abhilfe geschafft.

Die natürlichen Bedingungen werden den Erfordernissen angepaßt, sagte Mitzig. Richtige Rollfelder brauchen wir.

Er numerierte die Schläge von unten links beginnend. Die 16 beinhaltete Juschkos Land: Die Wiese rettete Juschko in Trockenzeiten. Er hatte das Bächlein angestaut. Außerdem hatte er aus dem angestauten Graben Wasser in sein Jauchefaß geschöpft und es auf seinen Dürreacker gefahren. Dieser Acker war seine Plage. Löchriig wie ein Sieb, hatte die Frau gesagt.

Wiese und Dürreacker vereinte nun Schlag 16. Der Graben wurde zugepflügt und eine durchschnittliche Bodenwertzahl errechnet. Nach der richtete sich die EDV-Düngungsempfehlung und die EDV-Beregnungsempfehlung.

Bei der Maisernte versackten die Häcksler auf der einstigen Wiese und mußten den strammen Mais stehenlassen.

Die Wildschweine richteten es sich wohlig ein. Nach ausgedehnten Maisgelagen suhlten sie zünftig.

Von Schlag 16 grunzte es zufrieden.

Dafür konnten sich auf dem Stück des Dürreackers nicht einmal die Hasen im Mais verstecken.

Juschko verstand die Welt nicht mehr und verstritt mit Mitzig viel Zeit.

Die KAP erfüllte den Revolutionsschrei nach Gleichheit: Es gab keinen Unterschied zwischen Bauern und denen, die nur hier arbeiteten. Sie alle faßte der Begriff KAP-Mitglied zusammen.

Zum Beispiel das KAP-Mitglied Juschko.

Ehemals war er Genossenschaftsbauer und vormals Bauer. Den historischen Sprung von vormals zu ehemals bezahlte Juschko mit Inventarbeiträgen für Vieh, Acker, Wiesen und den Wald, da er das alles zur genossenschaftlichen Nutzung einbrachte. Manches davon bezahlte er zu kräftig, überbezahlter Inventarbeitrag. Theoretisch gehörte das Geld zu ihm zurück, praktisch wurde es eine verworrene Sache: Wer tritt die Nachfolge der aufgelösten LPG an, und wer hatte so viel Geld? Die KAP, die LPG Tierproduktion oder gar der Staat? Deshalb fand das überbezahlte Geld nicht zurück zum Juschko.

Ein anderes KAP-Mitglied war der lange Hein aus der Stadt. Der hatte bereits die zweite Frau geheiratet und immer ein paar an der Hand, wie er prahlte.

Das machen die roten Haare, sagte die Littig-Frau.

Oder seine Länge, sagte Frieda im Konsum.

Woher weißt du *darüber* Bescheid! sagte die Littigen.

Für sie entschied sich die Welt noch immer zwischen den Beinen.

Frieda Lärke quetschte die Schultern aus der Essenluke und reckte sich zum langen Hein.

Vornehm issa, sagte sie. Der spreizt beim Trinken aus einer Plasttasse den kleinen Finger ab.

Der lange Hein hatte in der Stadt im Betonwerk gearbeitet, im »Eisen«. Er bog das Geflecht für die Wehrung. Dabei holte er sich kräftige Unterarmmuskeln und seinen Fahrriemen. So sagten die Kollegen zu seiner Sucht, mit dem Traktor, einer bröckligen Brockenhexe, die Eisenstangen heranzutuckern. Zweimal in der Woche vom 800 Meter entfernten Lager; mit Umbogen dehnte er die Strecke auf 947 Meter. Er hatte das ausgemessen.

Die KAP bot dem langen Hein ganztägige Fahrzeit und einen ordentlichen Traktor.

Der Mann umging also die kostenaufwendige Zwischenstufe Genossenschaftsbauer auf seinem Weg zum KAP-Mitglied.

Er war sogar in der moralischen Vorhand: Der Arbeiter Hein half dem Angehörigen der verbündeten Klasse Juschko. Das sicherte arbeitsrechtliche Vorteile bei ansonsten gleichen Rechten.

Wie beim Recht auf Naturalien.

Juschko fütterte vom Deputatgetreide seine Hühner. Der lange Hein hatte in seinem Hochhaus wenig Verwendung für das Futter. Er verkaufte es für einen Unter-Brüdern-Preis an Juschko.

Im Herbst schlug der lange Hein mit dem Hacken gegen den Deputatgetreidesack und sagte zu Juschko:

Bei die Karnickelfritzen inner Stadt täte ich ville mehr kriegen.

Er zwinkerte gegen die Morgensonne:

Nur – frische Eier ham die keene!

Juschko kniff die Augen fragend zusammen.

Na Mensch, sagte der lange Hein, Karnickel legen keene!

Seitdem aßen Heins jede Woche frische Landeier.

Der zweiten Frau bekamen die nicht. Der lange Hein tauschte die Frau gegen eine dritte aus.

Ein weiteres Recht eines KAP-Mitgliedes war individuelle Fläche.

Juschko baute darauf Futter für sein individuelles Vieh an. Nach etlichen Monaten Arbeit damit verkaufte

Viele wirtschaftl. Ungereimtheiten

Juschko das Vieh und zahlte das Geld auf sein Konto ein.

Bei Hein lief das kürzer. Ihm zahlte die KAP für die Nichtinanspruchnahme seiner individuellen Fläche ein Ausgleichsgeld.

Das verlebte er im »Hohen Tritt«, der Bahnhofskneipe, zu der man über eine zweiseitige Gutshaustreppe gelangte.

Die Bedienung hieß Ursel, stieß mit der Zunge beim »s« an die Zähne und mit der Brust an die Rücken mancher Gäste.

Der lange Hein durfte beim Feldversaufen immer mal die Schleife ihres Schürzchens aufziehen; auch nach Feierabend. Er war ja der Geldgeber.

Es hatten bei der Verwertungsart jedenfalls mehr etwas vom individuellen Acker.

Nach solchen Tagen hupte der Fahrer des KAP-Busses, der extra wegen des langen Heins in die Stadt fuhr. Auf Balkonen und an Fenstern drohten Fäuste.

Alle waren munter gehupt, nur der lange Hein nicht. Bei dem dauerte es und dauerte. Endlich: Straff trat er aus der Hochhaustür, die krachend hinter ihm zuschnappte.

Das Echo kroch die Wände hoch und versetzte die Fäuste wieder in Schwingung.

Hein drehte sich um, und nach oben winkend nahm er die Huldigung entgegen.

Zum Busfahrer sagte er: In eins der Häuser paßt ganz Wuttkow.

Er fuhr mit einem Handwischer die 11 Etagen ab:

Und alle stehen extra meinetwegen dort!

Hein kurbelte das Busfenster herunter, winkte nochmals gegen die Hauswände und fühlte sich fürstlich.

Trotz Gleichheit setzte die KAP das sozialistische Leistungsprinzip durch. Eine dialektische Einheit, verkörpert in Juschko und dem langen Hein.

Herbstwind klaubte aus den Stoppeln liegengebliebenes Stroh.

Juschko und der lange Hein bildeten einen Pflugkomplex zur Schälfurche.

Bezahlt wurden sie nach geackerten Hektar.

Für Hein mit achtjähriger Schulerfahrung eine einfache Rechnung: Je mehr Hektar, je mehr Geld. Je schneller, um so mehr Hektar. Mehr Hektar, mehr Geld. Das war ein Hein-Kreis.

Etwas schaffte der Bleistift dazu, wer wußte schon genau, wie groß ein KAP-Schlag war.

Ich vadien mein Geld mit'm rechten Been, sagte der lange Hein im »Hohen Tritt«.

Fragte einer: Wieso? sagte Hein: Mit dem Been latsch ich offs Gas.

Juschko schaffte viel weniger.

Der vaplämpert seine Zeit, sagte Hein.

Juschko hackte mit dem Spaten verklemmte Strohbatzen klein und fuhr langsam, um gleichmäßig einzuakkern.

Aus Heins Pflugbild stakten überall Strohbündel, es glich einer schlecht gerupften Gans. Nichts für Bauernstolz.

Die Zeiten sind vorbei, sagten die Wuttkower.

Juschko schlägt das Beil in den Hackklotz. Im Nachbarhof quietscht das Tor. Er geht zum Schuppenfenster. Um besser sehen zu können, wer drüben zu Frieda Lärke kommt, hält Juschko den Kopf näher ans Fenster. In den Haaren verfangen sich Spinnweben. Er fitzt mit den Fingern danach.

Es ist Halber, der Untermieter von Frieda. Der hat nichts mit der Totenkeule zu tun.

Teilnahme am Dorfleben hat seinen Preis. Für Zugezogene sind das drei Fässer Bier zu Silvester.

Halber hat das unterschätzt, mit seiner Kleinstadtelle gemessen.

Halber ist der Neue. Er kam vor fünf Jahren nach Wuttkow.

Damals war gerade Mittagspause und genug Publikum auf dem KAP-Hof.

Ein schwarzer Wolga staubte heran, eine Taxe.

Aus der hinteren Tür steckte Halber seine spillrigen Beine mit klobigen Holzklocks in das Berufsleben.

Eine Wand aus Neugier rückte näher. Die Bauern sahen von dem Kerl den Rest: Jackett, weicher Mund, umspielt von Bartflaum.

Halber sagte: Tach, Kollegen! und hatte schon zu viele Fehler gemacht.

Man kommt in einem Dorf wie Wuttkow nur einmal an.

Die Mittagsglocke läutete den Hof leer. Nur Halber stand noch da und Mitzig.

Du bist Diplomingenieur Halber, sagte Mitzig.

Er sprach das nach unten, zu den Holzklocks hin. Er dachte: Wenn einer schon keine vernünftigen Schuhe hat.

Die Einweisung beschränkte sich auf die Unterbringungsfrage. Es war kcin Zimmer in Sicht.

Halber fragte nach Mittagessen. Essen war ihm wichtig. Alles für seinen Bandwurm, hatten die Studienkumpels gesagt.

Mitzig schickte Halber zu Frieda.

Ein Versuch, sagte Mitzig, Mittag ist vorbei.

Frieda schlürfte Kaffee. Bei Halbers Ansinnen verbrannte sie sich die Zunge.

Wie denkste dir das, sagte sie, um die Zeit.

Na ja, sagte Halber, vielleicht einen Rest. So können *Sie* doch nicht sein.

Frieda schob zum Kübel und klatschte eine Kelle Linsen in eine Schüssel.

Die Linsen waren dick und kalt.

Haben Sie die gekocht, sagte Halber.

Frieda fürchtete Meckerei. Davon hatte sie genug.

Wer sonst! sagte sie.

Mensch, sagte Halber, sone Linsen in einer Kantine! Nicht zu sauer, nicht zu süß. Und vor allem, mit Sellerie!

Der erste, der bemerkte, daß Frieda Sellerie zu Linsen gibt.

Noch 'ne Schüssel, junger Mann? sagte Frieda und ging nach hinten, die Suppe aufzuwärmen.

Halber hatte einen Verbündeten gewonnen und ausgerechnet die Festung Frieda Lärke.

Die bot ihm auch die Untermiete an.

An seinem ersten Arbeitstag in Wuttkow bekam es Halber erst einmal mit Brummern zu tun. Die waren vor dem Winter in die Bodenkammer des KAP-Büros geflohen, in der Mitzig dem Halber einen Arbeitsplatz zugewiesen hatte.

Brummer in allen Lagen: sich den Kopf am kleinen Giebelfenster einfliegend. Welche, die nur noch brummten und sich nicht mehr bewegten. Das waren die lautesten. Andere versuchten mit den Flügeln wieder Leben in den Körper zu pumpen. Manche lagen auf dem Rükken und strampelten mit den Beinen. Viele, die apathisch dasaßen, unklar, ob sie noch lebten. Und dann die tatsächlich toten.

Halber riegelte das Fenster auf und schaufelte die

ganze Fliegengesellschaft hinaus. Dazu benutzte er seine Diplomarbeit. Die hatte er mitgebracht, um Mitzig die Erkenntnisse der Wissenschaft frei Haus zu liefern. Das ausgezeichnete Gutachten lag zwischen den Seiten.

Halber wischte den Pappdeckel an der Gardine ab, die mit großen Karos zwischen den Dachschrägen klemmte.

Der Raum diente als Ablage. Aktenordner in Regalen und Kartenschränke mit Schubladenreihen fraßen den Platz auf. Halber hängte sich an die weit auseinanderliegenden Griffe eines Schubes, als wäre er ans Kreuz geschlagen. Er zog und stemmte. Quietschend ruckelte die Schublade auf, zwei Handbreit. Drinnen lagen Fliegenkadaver. Sie stoben beim Blasen in die Tiefen des Schiebers.

Hier sollte Halber der Gesellschaft nutzen. Er lachte und nahm es ernst.

Das war er schon seinen Eltern schuldig.

Der Vater hatte sich für einen Posten in der Materialausgabe seines kleinen Betriebes zurechtqualifiziert.

›Leiter der Materialversorgung‹ hieß das offiziell in der Familie, um kein gesellschaftliches und soziales Gefälle zur Mutter zuzulassen. Die war Direktorin einer Oberschule.

Halber wuchs zwischen Bilanzen von Sechserschrauben und Erhöhung der politisch-ideologischen Erziehung auf. Zwischen Wirklichkeit und Ideal, zwischen Sein und Schein, wie der Vater die Mutter provozierte. Der Kippunkt solcher Gespräche war der Satz der Mutter:

Das Zentrum der Welt ist keine Sechserschraube.

Vielleicht hält die aber alles zusammen, sagte der Vater.

Türenschlagen und vermiestes Abendbrot.

Jeder versuchte, den Jungen auf seine Seite zu ziehen.

Halber pendelte. Wer konnte entscheiden, wo das Richtige lag.

Mit dem Frühstück zelebrierten die Eltern ein Ritual. Der Vater schmierte für die Arbeit zwei doppelte Schnitten mit Leberwurst; entweder feine oder grobe, aber immer Leberwurst. Er wickelte die Schnitten sorgfältig in ein genau geschnittenes Stück Brotpapier. Danach wurde geredet und gegessen. Es war noch viel Zeit. Das Frühstück entscheidet über die innere Ruhe, meinten die Eltern.

Für Halber blieben davon drei Dinge: Abneigung gegen Frühaufstehen, Widerwillen gegen Leberwurst und sein Beruf.

Der nämlich wurde wie alle Entscheidungen am Frühstückstisch bestimmt.

Bis zu dem Tag hatten es Eltern und Schule verstanden, Halber nicht an übermächtige Interessen zu binden. Er blieb lenkbar.

Die Mutter legte neben Vaters Schnittenpaket auf ein gründlich abgewischtes Viereck des Tisches eine Studienplatzliste. Die hatte sie von ihrem EOS-Kollegen im vertraulichen Umgang erworben.

Der Vater schnurpste an einem aufgebackenen Konsum-Brötchen. Die Mutter hatte als Hilfsmittel zur Berufsbestimmung einen Bleistift und einen Zettel.

Das Leben ist ein Rechenexempel, sagte sie.

Ja, ja, sagte der Vater, im Sozialismus ist alles berechenbar.

Bevor er zu den Schrauben im Sozialismus kommen konnte, fiel ihm die Mutter in die Rede:

Nimm dich zusammen! Es geht um die Zukunft unseres Sohnes.

Auf dem Zettel ränderte sie den Zensurendurchschnitt von 1,3 ein. Dann strich sie auf der Studienplatzliste die Richtungen, die einen besseren Durchschnitt verlangten, auch die für 1,3. Die untere Grenze war zu unsicher.

Das nächste Kriterium lautete: gesellschaftliches Erfordernis, praktisch gesagt, wo gab es die wenigsten Bewerber.

Es folgten die gesundheitlichen Anforderungen. Bei dem Punkt sorgte für die meisten Streichungen Halbers Rot-Grün-Schwäche. Ein weiteres Problem, dem mit Strichen Tribut gezollt wurde, war Tante Liese. Die gewöhnte es sich nicht ab, Karten und Briefe zu schreiben und anzufragen, warum der Bruder schweigt.

Der Vater mochte seine Schwester sehr, nur wohnte die zufällig im Saarland.

Nach und nach filterte sich aus der Liste die Landwirtschaft, speziell die Pflanzenproduktion.

Wichtige Sache, sagte der Vater und wies auf seine Leberwurstschnitten.

Im Schulgarten hattest du immer die Eins, sagte die Mutter.

Ja, und bei der Datsche sprenge ich den Rasen, sagte Halber und säte bei den Eltern Zweifel ob der Ernsthaftigkeit seiner Berufsüberlegungen.

Deshalb setzte die Mutter den Schlußpunkt: Also Pflanzenproduktion!

Die Eltern freuten sich. Ein sauberer Beruf. Der Sohn war wieder vier Jahre aufgehoben und die Familie sicher vor Entscheidungen.

Halber wurde Beststudent.

So verlaufen Geradlinigkeiten der Entwicklung.

Halber stieg die Holztreppe von seiner Dachkammer hinunter in Mitzigs Büro zur ersten Arbeitsanweisung.

Die Holzpantinen hatte er gegen Turnschuhe eingetauscht, vielleicht bot Leisetreten mehr Sicherheit.

Halber schlich sich in Mitzigs Rücken.

Der Vorsitzende stand vor einer Magnettafel mit der Leitungspyramide der KAP. An der dünnsten Stelle – oben – verkündeten fette Buchstaben: MITZIG und kleiner darunter: KAP-Vorsitzender.

Mitzig schob ein neues Schild herum, auf dem stand dünn: Halber.

Es paßte nirgends. Mitzig schnipste es an den Rand. Er hatte den Kerl nicht gerufen.

Bei uns findet jeder sein Auskommen, tröstete Frieda, und auch einen Namen dafür.

Halbers Daseinsbezeichnung brachte eine Anweisung vom Kreis: Technologe.

Mitzig bugsierte von dem Eckstuhl in seinem Büro einen Stoß Verordnungen in das Wandregal. Es staubte. Damit hatte Mitzig dem Halber einen Platz in den Leitungssitzungen eingeräumt.

Über dem Stuhl rankte eine Grünpflanze.

Halber saß in den Leitungssitzungen still in seiner grünen Ecke. Die Blätter stupsten in den Nacken.

Die Leitung debattierte um den Einsatz des Kranes. Juschko oder der lange Hein, das war hier die Frage. Für und Wider ebbte auch in der Kaffeepause nicht ab. Später sagte der technische Leiter:

Der Kran ist in der Werkstatt.

Halber erklärte Stoppuhr, Notizbuch und Stift zu seinen Technologen-Insignien.

Mitzig streute Witzchen unter die KAP-Mitglieder: Der Herr Diplomingenieur rechnet die Uhrzeit auf japanisch aus.

Außerdem: Was ist von einem Lehrersöhnchen zu erwarten.

Nachdem eines Tages bei der Leitungspyramide das Halber-Schildchen ganz oben war, sagte Mitzig:

Mein spezieller Freund.

Wer die Schilder vertauscht hatte, war nicht herauszubekommen. Vielleicht zufällig beim Staubwischen, redete sich Mitzig ein.

Einige KAP-Mitglieder belächelten den mit der Stoppuhr am Feldrand stehenden Halber oder beargwöhnten ihn.

Der vasaut uns noch die Norm, sagte der lange Hein.

Im Boden steckte noch der Winter.

Die KAP wappnete sich: Tag der Frühjahrsbereitschaft.

Trockenschwimmen, sagten die Leute.

Pflichtübung, sagte Mitzig.

Halber klackste in der Leitungssitzung einen Kampagneplan an die Magnettafel.

Für die Sommergetreideaussaat, sagte er.

Er erklärte Formeln, Zeichen, Fachwörter und Berechnungen. Von den Anwesenden konnte das keiner deuten oder gar überprüfen.

Das Ergebnis hatte Halber dick unterstrichen: 12 Einsatztage.

Mitzig sagte: Neun!

Niemals möglich, sagte Halber und beschwor seine Berechnungen.

Die Aussaat dauerte neun Tage.

Halber war keine Gefahr für Mitzig.

Hein sagte: Ich trau die Studierten nie.

Der Erfolgskarren des Kreises schlingerte. Hasenhuber spannte Mitzig davor. Konsequenter sozialistischer Wettbewerb.

Die Kreisseite war aktuell: Heiner Mitzig machte Schlagzeilen.

Jede Zeile ein Schlag, sagte Frieda im Konsum.

Ins Waasser, sagte die Juschkon.

Hauptsache, es spritzt, sagte die Littig-Frau.

Du kennst nischt andres, sagte Frieda.

Tischler Bolze fertigte Wandzeitungstafeln, Erfüllungsstandsanzeigetafeln, Wettbewerbstafeln und Losungen.

Mitzig schlug dem nützlichen Bolze vor, den Weg vom Handwerker kleinbürgerlicher Prägung zum sozialistischen KAP-Mitglied einzuschlagen. Überholen, ohne einzuholen.

Wir sichern Dauerbeschäftigung, sagte Mitzig zu Bolze.

Der Wettbewerb eröffnete auch für Halber neue Berufsperspektiven: Wettbewerbsverantwortlicher.

Jeden Morgen trug er den Erfüllungsstand des Planes auf eine Bolze-Tafel vor dem Büro.

Die Wuttkower mißachteten die Tafel mit den vielen Zahlen. Sie werteten anders: Schüttet heuer. Oder: Die Apern sind so groß wie Schafkollern.

Halbers Verbindungslinie zwischen den Erfüllungspunkten schwankte.

Der Zeitungsfotograf wollte Mitzigs Schlagzeilen ins rechte Bild rücken.

Der Reporter fand den Dreh: Er hängte die Tafel verkehrt herum. Beim Fotografieren nahm er es mit der Tiefenschärfe nicht so genau. Der Pfeil wies jetzt steil nach oben. Die Legende blieb.

Die Wuttkower, im Umgang mit Zeitungen geschult, gruppierten sich um die Tafel.

Die Bildunterschrift: Vor dem Arbeitsbeginn informieren sich die KAP-Mitglieder über den erfolgreichen Wettbewerbsstand. Das trägt wesentlich zur Produktionssteigerung bei.

Bolze überlegte beim Blick zur Kurve, was WiRo und WiGe bedeutete.

Frieda Lärke hatte im Bild die Aufgabe, die vortägige Kreisseite kameragefällig zu halten. Sie wertet damit den Artikel des Genossen Hasenhuber zum Erntegeschehen im Kreis aus. Schließlich schmoren die Wuttkower nicht im eigenen Saft.

Die Arbeit begann für die Bildbeteiligten an dem Tag eine Stunde später. In der KAP-Küche war der Gulasch angebrannt.

Bolze gewährte noch ein Interview. Er leckte sich die Lippen feucht.

Wie helfen Sie mit, die Erträge zu steigern? fragte der Reporter.

Das verunsicherte Bolze. Mit Hilfestellung kam er darauf:

Na, ich liefere zum Beispiel diese Tafel hier.

In der Zeitung las es sich so: Tischler Bolze fertigt unentbehrliche Grundmittel an.

Sollte sich Bolze bei Unentbehrlichkeit über falsche Worte in seinem Zeitungsmund beschweren?

Eine Verpflichtungslawine rollte in Wuttkow. Die KAP verpflichtete sich: Wir kämpfen um hohe Hektarerträge!

Wer häätte daas gedaacht, sagte die Juschkon.

Halber schrieb auf seinen Verpflichtungszettel: Mit dem nächsten Kampagneplan 18 auf einen Streich.

Das wurde bis zum Bezirk durchgejubelt. Der fragte bei Hasenhuber nach: Was für achtzehn?

Hasenhuber rief Mitzig an. Mitzig stieg zu Halber hoch.

Halber zog einen Schub auf, zeigte hinein und erklärte: Jeder Plan von mir wird hier ungelesen abgelegt, nebeneinander. Der nächste Plan reicht an die hinterste Ecke. Dort haben sich besonders viele Fliegenkadaver angesammelt. Mindestens achtzehn!

Das war nicht übertrieben.

Mitzig schrie, daß die Leute auf dem Hof zusammenliefen. Eine Erfolgsmeldung ist aber nicht rückholbar. Jeder gerät sonst in des Teufels Küche.

Hasenhuber berichtete dem Bezirk: Der Absolvent stellt einen Kampagneplan auf, in dem er achtzehn Mähdrescher auf einem Schlag einsetzt.

Gebündelte Leistungskraft. Das war gefragt.

Die Zeit ist schnellebig, sagten die Leute. Sie entschuldigten ihr schnelles Dahinleben.

Natürlich, sagte Hasenhuber, haben wir nichts falsch gemacht. Wo kämen wir da hin!

Auch ein Beispiel wächst. Wuttkow war auserkoren, Bezirksmaßstab zu werden.

Mitzig wehrte ab: Mit einer Million Schulden?

Wer spricht davon, sagte Hasenhuber, wir lassen die Erfolge strahlen.

Beim Littig liegt die Milchleistung unter zweitausendfünfhundert, sagte Mitzig.

Da hat sich der Littig an der Nase zu zupfen! sagte Hasenhuber. Außerdem schaffen wir mit einer stärkeren Pflanzenproduktion auch für ihn bessere Bedingungen.

Die KAP Wuttkow sollte auf einer Bestenkonferenz ihre Leistungskraft demonstrieren.

Die Vorbereitungen drängten.

Das hältst du nicht auf, sagte Hasenhuber und schlug Mitzig auf die Schulter.

Was werden die Leute dazu sagen! wandte Mitzig ein.

Der Einzelne hat die Übersicht nicht, sagte Hasenhuber. Für den gibt es solche wie mich, dafür funktioniere ich.

Er legte eine Mappe mit den fertigen Diskussionsbeiträgen auf Mitzigs Schreibtisch.

Für dich bleibt, sagte Hasenhuber, die Vorlesenden zu bestimmen.

Die Vorbereitung der Konferenz beschäftigte auch Juschko. Er balancierte mit der Losung auf einer Stehleiter im Wuttkower Kulturhaus auf der Bühne. Die Losung war zu schwer, sie zog den Bühnenvorhang herunter, und Juschko bekam sie auf den Kopf.

Frieda befreite Juschko von Losung und Vorhang. Sie besah sich die starken Bolze-Bretter, schüttelte den Kopf, daß die Backen schwabbelten, und sagte:

Is ja nich' für die Ewigkeit, sone Losung.

Bolze stellte ein neu gezimmertes Rednerpult auf. Sein bisher größtes.

Lautsprecherboxen lieh Bolze von seinem Sohn, der in einer Rockband Schlagzeug spielte. Bolze eiferte um die Boxen und sagte:

Die geh'n los!

Halber kaufte eine Schallplatte mit Arbeiterkampfliedern.

Leibisch schleppte Kästen und Flaschen aus der Kneipe. Seine schlechten Erfahrungen mit derartigen Veranstaltungen bestätigte Mitzigs Anweisung: Kein Alkoholausschank bis zum Ende der Konferenz.

Die Lokalzeitung sandte den bewährten Wuttkow-Redakteur zur aktuellen Berichterstattung aus. Der Mann trug seit geraumer Zeit eine Lederjacke und ein Oberlippenbärtchen. Die Haare igelten ergraut, er setzte Erkennungszeichen seiner Intellektualität.

Am Vormittag des Konferenztages spitzte der Redakteur in Leibischs Kneipe den Bleistift über einem Aschenbecher von Beck's Bier.

Er schrieb den Artikel vor: Einmarsch des hohen Gastes und des Präsidiums. In Klammern und fettgedruckt: Stürmischer und langanhaltender Beifall.

Der Vorsitzende, Heiner Mitzig, zog eine eindrucksvolle Bilanz. Er verwies mit Stolz darauf, daß nunmehr Wuttkow die Übergangsformen zur industriemäßigen

Produktion in der Landwirtschaft überwunden hat und beispielgebend für den Bezirk den Übergang in eine neue und höhere Qualität der Pflanzenproduktion vollzogen hat. Dabei wurde in der Entwicklung nichts leichtfertig übergangen. Natürlich gibt es noch Reserven. Die gelte es, weiterhin kompromißlos zu erschließen. Einmütig stimmten die Konferenzteilnehmer dem Bericht des Vorsitzenden zu.

In der sich anschließenden schöpferischen Diskussion legten die Kollegen konstruktiv dar, wie sie durch bewußtes Handeln und Arbeiten ihren Beitrag zum Wohle und Erstarken der Pflanzenproduktion leisten wollen.

Mit gespannter Aufmerksamkeit (siehe Bild) verfolgen die Konferenzteilnehmer das Schlußwort des hohen Gastes. Er beglückwünschte die KAP-Mitglieder zu ihren wahrhaft historischen Leistungen und gab richtungsweisende Hinweise.

Bildunterschrift für das zweite Bild: Der hohe Gast im angeregten Pausengespräch mit Konferenzteilnehmern. (Regieanweisung: Weibliche, kinderreiche, jugendliche Sorbin in FDJ-Bluse – möglichst hübsch – neben den Gast gruppieren.)

Der Journalist lehnte sich zurück. Der Stuhl knarrte. Der Mann schlurfte seinen Schoppen Rotwein aus.

Das Ding ist im Kasten und im Maß, stellte er fest.

Solche Schreiberei bringt was ein, sagte er zu Leibisch und bestellte noch einen Schoppen.

Beim Gehen steckte er sich ein Schildchen an den Aufschlag seiner Lederjacke. Darauf stand klammerfett gedruckt: Presse.

Inzwischen war das Kulturhaus voll. Leibisch hatte der Cola bei Bedarf Wodka beigemischt. Das lockerte auf.

Der Reporter ergänzte in seinem Vor-Ort-Bericht: Optimistische Atmosphäre schon vor Konferenzbeginn.

Begründet im Stolz auf das Erreichte.

Ja, das war die Überschrift.

Bei Mitzigs Referat sackten die Köpfe ab. Der vom langen Hein blieb bis zur Pause auf der Tischplatte.

Hasenhuber hatte während Mitzigs Bericht und der Beiträge der ersten Diskussionsredner die Zustimmungs-Nicker des Gastes angestrichelt.

Das kann sich sehen lassen, sagte er zu Mitzig.

Zum Pausenende schlug Hasenhuber Mitzig auf die Schulter und sagte:

Wird schon schiefgehen!

Als letzter Diskussionsredner wurde Halber angekündigt. Der nahm statt der ausgearbeiteten Rede einen Einkaufsbeutel mit nach vorn.

Hasenhuber erschrak: Der Halber hatte genug Gelegenheit, die Spielregeln zu lernen.

Halber sagte: Wir haben in der Kartoffelproduktion eine neue Sortieranlage in einer riesigen Halle, und wir haben modernste Technik. Das Lied der Kosten singt Kollege Fänniger.

Der Buchhalter zuckte zusammen. Er war nicht für Öffentlichkeit.

Aha, die Schulden, dachte Mitzig. Hasenhuber sah gebannt zum Gast. Die Köpfe der Konferenzteilnehmer verließen ihre Ruhestellung.

Aber, sagte Halber, die Kartoffelerträge stagnieren oder gehen sogar zurück.

Der Reporter blitzte das Bild zum Klammertext: Gespannte Aufmerksamkeit.

Das hat mich beschäftigt, sagte Halber. Ich habe einen Ziegelstein auf den gleichen Weg geschickt, wie ihn unsere Kartoffeln gehen.

Er nahm einen kompakten Stein aus dem Einkaufsbeutel und legte ihn auf das Rednerpult.

Das ist übriggeblieben, sagte Halber und schüttete aus dem Beutel einen Haufen Grus.

Nun verlief die Konferenz unschöpferisch: Unsicherheit und Ratlosigkeit im Präsidium.

Die Zeitung umging in ihrer Berichterstattung den Halber-Auftritt. Das gehörte nicht hierhin und hätte nur dem Klassenfeind beim Lesen der Wuttkower Lokalseite Auftrieb gegeben. Die Leute waren politisch-ideologisch gestählt. Sie trennten Zeitung und Wirklichkeit. Der Redakteur zitterte umsonst aus Angst vor Protesten. Die Wuttkower begruben seine Zukunft nicht unter einem Häuflein Ziegelschutt.

Der lange Hein sagte über Halber: Hab' ich glei' prophezeit, bei die Tüpen.

Frieda Lärke bezweifelte die Rechtmäßigkeit dieser Einmischung in die Geschäfte der Obrigkeit.

Die Juschkon sagte: Määnsch, wenn es einen Ziegelstein zerkrüümelt, wunderä ich mich über niichts mehr.

Juschko sagte: Ja, ja, die Fallhöhen.

Er ging daraufhin zu Halber. Am Nachmittag fuhren beide mit dem Fahrrad ins Nachbardorf zu Pöschke. Von dem hatte Juschko in der Schulzeit abgeschrieben. Als Pöschke den Hof vom Schwiegervater übernehmen mußte, guckte er bei Juschko ab. Die LPG-Gründung hatte ihn vom Bauerndasein erlöst. Jetzt arbeitete er in einem Tagebau. Er rauchte 50 Zigaretten am Tag, trug Krawatte und zuckte mit dem Augenlid.

Das ist die Leiter-Verantwortung, sagte er.

Pöschke schüttelte Juschko aus alter Freundschaft, den Halber auch gleich.

Auf dem Heimweg nach Wuttkow schoben die beiden das Fahrrad. Sie beutelte Pöschkes Kognak.

Für die Kartoffeln und für Halber kündigten sich Veränderungen an. Die einen fielen da, wo es möglich war, auf weichen Gummi von ausgedienten Förderbändern aus dem Tagebau, und Halber fiel auf bis weit nach oben.

Halbers Kartoffel-Ziegelstein weckte Argwohn gegen das Beispiel Wuttkow.

Von Hasenhuber wurde der Nachweis für die Spitzenklasse der KAP gefordert.

Mitzig baumelte mit seinen langen Armen und sagte: Laß mich endlich in Ruhe.

Geschichte wird mit Unruhe geschrieben, sagte Hasenhuber. Es gibt für dich kein Zurück. Der Kämpfer Heiner Mitzig bittet um Auszeit. Die anderen werden sagen: Nicht einmal das Paradepferd Mitzig schafft es, was verlangst du da von uns!

Also, Heiner, wir brauchen dich, deinen Namen, dein Beispiel, und auch du brauchst uns. Sonst setzen wir alles aufs Spiel!

Für dich ist es einfach, sagte Mitzig, du rechnest nach Ideologie ab.

Unser Weg ist richtig, sagte Hasenhuber.

Mitzig sagte: Aus Zweifel wächst das Neue, war ein Spruch meiner Mutter.

Dafür haben wir keine Zeit, sagte Hasenhuber.

Sie stiegen in ihre Autos und fuhren zum Operativeinsatz des Kreiserntestabes.

Treffpunkt war Schlag 11 der KAP in Wuttkow. Zu dem sagten die Leute Tempelschlag, weil er sich unterhalb des Kulturhauses hinzog. An den versteinerten Weisen dachte keiner mehr.

Der Wind zerwühlte das Gelb der Wintergerste. Am unteren Saum des Feldes standen als bunte Steppnaht die Autos des Erntestabes.

Hasenhuber brach ein Gerstenkorn über den Fingernagel.

Druschreife, sagte er.

Milchreife, sagte Mitzig zu seinem Probekorn.

Wo der Boden leicht ist, isses halt reif, sagte der Vorsitzende der Nachbar-KAP. Er steckte seine Daumen unter die Hosenträger, blinzelte in die Sonne und kaute an einer Zigarre.

Egal wie das hier ausgeht, ich dresche, wenn die Gerste reif ist und nicht das Beispiel, sagte er.

Er wandte sich zu Mitzig: Ein Beispiel kostet Opfer!

Er ließ sich in seinen dreielfer Wartburg fallen, daß der ins Gras tunkte.

Die Mähdrescher leuchteten von der gegenüberliegenden Seite blau-weiß.

Zirkus Blau-Weiß, sagte der lange Hein.

Seit drei Tagen schmierten die Fahrer jeden Nippel mehrmals, zogen Schrauben fest, griffen in Keilriemen und ließen alles mal durchschütteln.

In den Pausen hatten sie Skat gespielt und orakelt, wann es losgeht. Sie fühlten sich wie Hunde an der Leine.

Die Erntestab-Gruppe und die Mähdrescherfahrer-Gruppe rückten immer näher. Der lange Hein hatte inzwischen gelernt, daß es sich um Wintergerste handelte. Ab und an eine Ähre prüfend, umkreiste er den Erntestab.

Na, Chef, geht's endlich los, sagte er und ließ offen, wen er mit Chef betitelte.

Hein zog wie ein Wassertropfen die Lache der anderen mit, und beide Gruppen verschmolzen.

Soll regnen, sagte der lange Hein, den ganzen Somma üba!

Ja, ja, wir müssen losmachen, sagte Hasenhuber mit volkstümelndem Nicken.

Er nahm sich Mitzig beiseite: Wir haben keine Wahl. Der Halber hat uns mit seinem Ziegelstein in Zugzwang gesetzt.

Die Erntekapitäne bestiegen ihre Schiffe. Käpt'n Hein setzte volle Segel.

Er winkte mit seinem Hut der Kommission. Ein Bild

von FORTSCHRITT, so verkündete es die Herstellerfirma am Bug.

Das Hein-Schiff zerfurchte das Gerstenmeer.

Die Maschine würgte. Es war Heins erste Kapitänssaison.

Beim Stundenlohn hatte Hein die Losung begriffen: Getreide ist Gold.

Der Mähdrescher drohte zu ersticken. Hein stellte den Dreschkorb voll auf. Die Maschine röhrte sich frei. Sie spuckte hinten einen großen Haufen Stroh aus.

Bei dieser Dreschkorbeinstellung blieben die Ähren unverdaut, und die Körner blieben im Stroh auf dem Feld. Darauf achtete keiner.

Der Hein fängt gleich 'nen Fuchs, sagte einer der Flotte. So hieß es, wenn sich der Mähdrescher mit Stroh vollsackte. Fünfzig Mark kostete das.

Die Fuchskasse versoffen die Fahrer nach der Ernte. Im vergangenen Jahr schafften sie es erst nach drei Tagen.

Hein multiplizierte den Schwaden mit der Arbeitszeit und dem Leistungszuschlag.

Hier vadien ich ma dusslig, schrie er und rieb seinen Hut auf dem Kopf, hin und her.

Mit dem letzten Schrei hörte der Mähdrescher auf, sich zu schütteln. Vorn, wo Hein hinsah, lief alles normal, nur hinten kam nichts mehr raus.

Kurz bevor der lange Hein abbrannte mit seinem Mähdrescher, sagten ihm die Kumpels Bescheid.

Zwei Tage zupfte Hein den Drescher Halm für Halm leer. Zwei Tage Reparaturzeit. Zwei Tage Durchschnittslohn.

Am dritten Tag Druschwetter. Die Sonne prasselte im Stroh. Hein schob die Tür seiner Kabine auf, um direkter an den Verdauungsgeräuschen zu sein. Er hatte Angst vor einer neuerlichen Verstopfung.

Bald leuchteten nur noch seine lückigen Zahnreihen. Er schwitzte Rinnen in den Staub auf der Haut. Es juckte. Hein streifte das Hemd ab.

Zum Mittag verpaßte er vor Kratzen das Essen.

In allen Hautfalten des langen Hein bildeten sich rote Striemen, sogar an den Augenlidern vom Zwinkern.

Das sind die Hacheln, sagte einer.

Zum Feierabend, Tau legte sich auf die Felder, versuchte es Hein mit dem Hemd. Es piekte wie ein Nadelkissen. Er warf es weit aufs Feld, aufgebläht flatterte es davon. Am liebsten wäre der lange Hein auch aus seiner Haut gekrochen und hätte sie dem Hemd nachgeschmissen. Im Bus nach Hause saß er steif, ohne sich anzulehnen.

Haste nen Stock verschluckt? fragte der Fahrer und bremste scharf und nahm die Kurven extra zackig.

Dem langen Hein war selbst das Fluchen vergangen. Er ließ sich auch nicht wie sonst im »Hohen Tritt« absetzen.

Eine Stunde schwemmte Hein in der Badewanne. Das Wasser wechselte er laufend.

Die dritte Frau verrieb eine Büchse Florena-Creme.

Dich hat wohl der Hafer gestochen, sagte sie.

Die Gerste, sagte Hein.

Den Unterschied lernte sie in der Nacht.

Hein pausierte bei der Gerstenmahd mit Krankenschein.

Beim Roggen bestieg er sein Schiff wieder.

Vor dem Auslaufen hupte der Barkas vom Konsum. Die Verkäuferin lockte mit einem weißen Häubchen und dem Colgatelächeln von der Werbung am Abend zuvor.

Ernteversorgung.

Hein vergaß die Krankenpflege durch seine dritte Frau und klebte an dem Häubchen.

Dutie frie schop, sagte ein Kapitän.

Hein staunte über den freien Handel ohne Ladentisch.

Er brachte der Frau als Trophäe Bananen ins Hochhaus. Die tat sich damit dicke.

Wohl aus'm Diplomatenladen, sagte die Nachbarin.

Zu Frühstück und Vesper gab es für die Mähdrescherfahrer kostenlos belegte Brötchen, kalten Tee und Brause.

Die Gesellschaft fieberte mit den Prozenten der Druschleistung in den Spitzenmeldungen. Die Welt schien den Atem anzuhalten: Die Republik erntet Getreide.

Juschko pflügte unbeobachtet das neue Saatbett. Sein Schiff ähnelte einem Zerstörer, hieß K700 und wurde Kasimir gerufen.

Die Pferde, von denen die Zugmaschine ihre Stärke hatte, waren sehr schwer und drückten auf den Boden und machten das Lenken schwer. Gegen die Schulterschmerzen probierte Juschko abends sogar Brennesselsaft.

Die Konsumfrau und die Brötchen fanden nicht den Weg zu Juschko.

Biist eeben zweite Klaasse, sagte die Frau.

Das hörte Halber. Er war Komplexleiter und fuhr künftig Brötchen auch zu Juschko.

Den Mähdrescherkomplex betreute ein Werkstattwagen und ein Pausenwagen. In dem hatte der Komplexleiter seinen Sitz: Halber.

Der Ziegelstein hatte ihm die Funktion beschert.

Beim Umsetzen der Mähdrescher auf ein anderes Feld befehligte Halber die Flotte wie ein General: Er stand in einem verdecklosen Trabant-Kübel und stoppte den Verkehr, bevorzugt auf Fernstraßen.

Ein lästiges Übel wurde Halber der Wechsel zerschlissener Keilriemen. Der erfolgte in der Kreisstadt, ein Ergebnis der Spezialisierung. Die Technik der KAPs betreute der Kreisbetrieb für Landtechnik, kurz KfL. Ein Bus sammelte die Schlosser in den Dörfern ein. Der Busfahrer dieses Busses hupte auf der Landstraße seinem Kollegen zu, der den langen Hein aus der Stadt im Gepäck hatte.

Große Bewegungen also in der Gesellschaft.

Die KAPs bezahlten die Reparaturen dem KfL nach Rechnungen. Der KfL bezahlte seine Schlosser nach Leistung: Je mehr Reparaturstunden, um so mehr Geld. Das stimmte die Schlosser froh. Früher, in den LPGs, wurden sie nach dem Ergebnis auf dem Feld und im Stall bezahlt. Da quetschten sie sich manchmal die Finger, damit die Technik schnell wieder rollte.

Außerdem band die Abrechnerei in den Betrieben zusätzliche Arbeitskräfte, vollbeschäftigte.

Bei den Antriebsriemen der Mähdrescher hatte sich der Komplexleiter an den KfL zu wenden. Ohne diese Keilriemen drehte sich kein Rädchen an dem Mähdrescher.

Hasenhuber sprach im Zusammenhang mit den Keilriemen von diskontinuierlicher Bereitstellung: Mangel erzeugt Zuteilung und Schieberei. Um dem zu begegnen, galt nur das Vorzeigen des kaputten Keilriemens als Anwartschaft auf einen neuen.

Der Materialleiter fuhr mit dem Zeigefinger die Keilriemenkanten ab, die einst zusammengehörten, und sagte:

Gerissen.

Dermaßen fachmännisch begutachtend, trug er die KAP Wuttkow in eine Warteliste. Er sah über den Rand seiner Brille zu Halber, stippte mit dem linken Ärmel seines blauen Kittels einen Tabakkrümel von der Zunge und schien auf etwas zu warten.

Um Gedränge zu vermeiden, forderte ein Türschild bei der Materialausgabe auf: Einzeln eintreten.

Halber beobachtete bei seinen häufigen und langen Aufenthalten vor dieser Tür, daß Austauscherfolge davon abhingen, wie bauchig die Aktentaschen der Komplexleiter beim Hineingehen waren. Beim Rausgehen hingen die Taschenbacken schlaff, aber wie eine Siegerschleife ein Keilriemen um die Schulter des Leiters.

In der Austauschzeit ruhten die Leistungszuschläge des betroffenen Mähdrescherfahrers.

Der lange Hein wartete schon drei Tage auf einen Keilriemen. Halber war allein seinetwegen achtmal mit dem Trabant zum KfL gefahren, zwölf Kilometer hin und zwölf zurück.

Der lange Hein fühlte sich betrogen. In seiner Rage verknüpfte er ein gewagtes Wort mit seinen Forderungen: Revolution.

Ein Biertischgespräch im Hohen Tritt vertrieb seinen Anarchismus.

Er verschacherte für drei Wochen sein Eierdeputat von Juschko an einen KfL-Schlosser. Der besorgte ihm einen Ersatzriemen.

Kreisläufe.

Wie einfach, sagte die Frau von Hein.

Sogar 'n schwedischer, sagte der lange Hein.

Die Frau wußte um den Unterschied von nordischen und unsrigen: Een andrer wäre ja, als hättste keenen gekriegt.

Der Achtklassen-Schüler Hein sagte: Wenige Devisen bei den Schweden sparen viele bei weiß wem für Getreide.

Eine Milchmädchenrechnung, sagte Hasenhuber. Aus ministeriumsgetrennter Sicht sieht das anders aus.

Über dem Sitzungs-T in Hasenhubers Zimmer nebelte Qualm. Ernteauswertung.

In die Stille nach Hasenhubers Forderung: Steigerung

des Erntetempos schnaufte Greffke, der Vorsitzende der Nachbar-KAP. In seinem Mundwinkel klemmte eine Zigarre. Er kniff die Augen wegen des Zigarrenqualmes zusammen und sagte:

Wir eifern dem Beispiel Wuttkow nach.

Er zog an der Zigarre und sagte:

Da können wir vier Tage schlafen!

Grinsen unter vorgehaltenen Händen.

Als die anderen gegangen waren, sagte Hasenhuber zu Mitzig:

Du wirst unglaubwürdig!

Ich? sagte Mitzig.

Du bist der Wettbewerbsinitiator, sagte Hasenhuber.

Mitzig schluckte.

Deine Kap ist an letzter Stelle bei der Getreideernte. Seit dem Ziegelstein ist auch der Bezirk skeptisch. Du weißt das.

Im Vorzimmer klapperte die Schreibmaschine. Die Sekretärin tippte das Sitzungsprotokoll.

Wir schaukeln das schon, sagte Hasenhuber und schlug Mitzig wie gewohnt auf die Schulter.

Das kam unerwartet. Mitzig sackte weg.

Na, na, stehngeblieben, sagte Hasenhuber. Erhöhe deine Druschleistung. Koste es, was es wolle. Uns nutzen nicht solche Meckerer an der Spitze wie der Greffke.

Mitzig zog den Kopf zwischen die Schultern.

Verstehe! sagte Hasenhuber. Wir geben Meldungen weiter. Erfolgsmeldungen. Sozialismus und Erfolg hängen untrennbar zusammen.

Mitzigs Büromauern atmeten den langen Sommertag aus. Im Zimmer war es trotz des offenen Fensters stikkig. Auf dem Hof schlug eine Tür zu. Die Grillen verschluckten sich. Der Fahrer des KAP-Busses ging pfeifend nach Hause.

Mitzig errechnete den Zugang an abgeernteter Getreidefläche. Er warf den Bleistift auf die Glasplatte des Tisches.

Die Zahl schrumpfte täglich.

Die Druschleistung erhöhen, wie sollte er das schaffen? Die anderen waren besser, der Greffke zum Beispiel.

Marlene hatte gestern zu ihm gesagt: Du hättest auf solche wie Juschko bauen müssen, auf die Bauern und nicht auf so einen wie den Hein.

Sie hatte grünen Salat geputzt. Davon aß er Schüsseln leer. Nelli quietschte mit dem Drehstuhl und lächelte zum Küchenfenster hinaus.

Bauern! Bauern! Wie Pollke, was! Am Ende den zurückholen, was!

Mitzig schlug die Tür zu.

Marlene schrie hinterher: Mit dir ist nicht mehr zu reden!

Mitzig wischte das Gestern weg und suchte zwischen den Zahlenreihen auf seinem Zettel für sich einen Ausweg.

Die Bleistiftstriche gerieten zu Kreisen.

Vielleicht habe ich Fehler gemacht, dachte Mitzig. Aber sie haben in Wuttkow so viel produziert wie noch nie, und den Leuten geht es gut wie nie.

Mitzig stellte sich vor die Leitungspyramide und hielt das ›KAP-Vorsitzender‹ auf seinem Schild zu.

Wohin dann mit ihm?

Die Leute würden sagen: Was konnte aus so einem auch weiter werden. Bestimmt sagten sie es, dachte Mitzig.

Den Greffke ließen sie in Frieden. Mach's selber, sagte der zu Hasenhuber. Der Greffke probierte niemals etwas Neues. Von den Beispielen nahm er sich das Beste. Dafür sind se da, sagte Greffke. Aber das Beispiel Mitzig bleibt auf der Strecke.

Mitzig rieb sich die Augen. Unser Zug fährt, hatte Hasenhuber noch zu ihm gesagt. Wer aussteigt, bricht sich das Genick. Notbremsen fehlen. Mitzig hatte gesagt: Ich sehe die Ankunft nicht mehr. Hasenhuber: Hauptsache, fahren.

Mitzig ging zum Schreibtisch zurück. Er zog aus dem Schub ein unbeschriebenes weißes Blatt für die Meldung am Morgen.

Mitzig spitzte den Bleistift an.

Die KAP Wuttkow kletterte auf den ersten Platz und meldete: Getreideernte abgeschlossen.

Wanderfahne. Übergabe auf dem Feld. Aus den letzten Garben eine Kornpuppe vor dem Pausenwagen. Hasenhuber drückte die goldbefranste Fahne in die Hände des langen Hein.

Der stellte die Fahne schnell in die Ecke, damit er die Hände für die Prämie freibekam.

Auf dem Waldschlag wogte ernteschwer der Roggen, den Mitzigs Bleistift gedroschen hatte.

Mitzig hatte vor, den nach und nach und nebenbei zu dreschen.

Schon am gleichen Tag wurde Mitzig alle seine Mähdrescher los: sozialistische Hilfe. Und ausgerechnet an Greffke.

Ich kann nichts ändern, sagte Hasenhuber. Beschluß von oben.

So blieb der Roggen weiter auf dem Halm.

Nach drei Tagen rief Hasenhuber bei Mitzig an: Morgen früh ist Feldbegehung durch den Bezirk. Alle deine Schläge müssen sauber sein.

Aber, sagte Mitzig.

Es gibt kein Aber, sagte Hasenhuber. Was soll ich denn machen?

Juschko fütterte die Hühner und nahm die Eier aus den Nestern. Er zählte sie in die Schüssel. Wieder keine braunen von den beiden Italienern. Juschko drohte zu Frieda. Er hatte die Italiener in ihrem Garten gesehen und sich gefreut: Sind sie durch die Maschen geschlüpft. Wird Frieda schnauzen.

Er hatte schon das Gelb in den braunen Eiern geschmeckt. Aber Friedas Meckerei blieb aus und die braunen Eier ebenso.

Juschko nahm sich vor, auf seiner Seite Maschendraht zu ziehen. Da knarrte die Stalltür. Mitzig.

Ich brauche dich, sagte Mitzig.

Wozu?

Es stehn noch sechzig Hektar Roggen.

Dacht' ich mir, daß was faul ist, sagte Juschko.

Bis morgen früh muß alles runter, sagte Mitzig.

Wie das?

Breithäckseln!

Korn in die Luft pusten? Juschko hielt sich an der Hühnerleiter fest. Nach einer Weile sagte Juschko: Das fragst du mich, einen Bauern?

Ich habe keine Wahl, sagte Mitzig.

Dammich, sagte Juschko. Er hatte ein Ei zerdrückt.

Mitzig sagte: Was ist einer wert, wenn er ausgedient hat. Sie fragen nur, was du bereit bist zu leisten. Das Risiko trägst du, allein. Ganz allein!

Wenn du davor Angst hast, brauchst du nichts anzufangen, sagte Juschko.

Mitzig dachte an die Träume des Johannes. Was ist mit seinem Atlantis?

Jeder träumt nur noch von sich, sagte Mitzig. Er fragte den Juschko nicht noch einmal.

Die Zeit verrann. Ohne zweiten Häckslerfahrer hatte Mitzig keine Chance.

Er fuhr in die Stadt.

Der lange Hein saß im »Hohen Tritt« und vertingelte seine Kapitänsheuer.

Vor der Kneipentür hing innen im Halbkreis ein schwerer und fleckiger Vorhang. Im Winter war er Kälteschutz und im Sommer gegen Fliegen.

Mitzig zerteilte ihn, als betrete er eine Bühne, um seine Rolle zu spielen. Vor Hein sprang er wieder zurück. Die Türklinke bohrte im Rücken. Er hatte Pollkes Hilfe verschmäht, als der noch zählte, und nun wird er um diesen Hein buhlen. Mitzig wurde schlecht.

Ein neuer Gast drückte von außen gegen die Tür und schob Mitzig durch den Vorhang.

Beim Auftauchen von Mitzigs Kopf aus den Schichten des Zigarettenqualmes zählte Hein die Striche auf seinem Bierdeckel ab. Es fehlten noch genug an Volltrunkenheit.

Er sagte: Hallo, Chef!

Mitzig lockte Hein mit einem Hunderter. Vom langen Hein fiel jede Bierseligkeit ab.

Aber Schnauze halten, sagte Mitzig.

Für hundert Mark dachte Hein nicht nach.

Sie häckselten die Nacht durch.

Am Morgen sah die Kommission nur abgeerntete Felder und war zufrieden. Sie hatte eine anonyme Anzeige aus Wuttkow zu überprüfen, daß mit dem Getreide etwas nicht in Ordnung sei.

Die Juschkon hat den Rotkohl schon ein paarmal durchgeschüttelt, und die Totenkeule ist noch immer nicht da.

Das Kraut ist blaß geworden. Das gibt dem Mann den Rest, denkt sie. Die Frau gießt die Kartoffeln ab. Der Wrasen beschlägt den Spiegel über dem Waschbecken.

Sie umwickelt den Topf mit Zeitungen und wirft Kissen darauf. Die Juschkon setzt sich neben den Berg auf das Sofa und greift auf den Brotkasten nach der Wochenendbeilage.

Es ist zu duster zum Lesen. Sie angelt die Holzpantinen und schneppert am Lichtschalter die Schalternase zwischen Daumen und Zeigefinger hin und her. Nichts.

Jessus Maaria, sagt sie. Der Strom!

Die Errungenschaften der Technik beunruhigen sie: die Kühltruhen.

Sie sind gefüllt mit Geschlachtetem, Obst und Gemüse. Das ist hauptsächlich für den Sohn. Der wohnt im Hochhaus vom langen Hein.

Ich will was ham vom Leben, hatte der Sohn gesagt. Mir nicht den Buckel krumm arbeiten und die Wirtschaft am Halse ham.

Das traf die Juschkos. Vom Leben was haben. Man lebt halt. Das ist für die Juschkos Herausforderung genug. Darüber denkt man nicht nach.

Um Gottes willen.

Das Leben von vier Juschko-Generationen bestimmte die Wirtschaft. Nun ist es soweit, daß wieder die nächste Generation übernehmen müßte:

Der Mann pflügte im Sommer die Spargelbeete um, den alten Teil. Er legte keine neuen an.

Wer soll das alles schaffen, sagte er.

Im Stall steht in diesem Jahr ein Bulle weniger.

Wär sool daas alles schaaffen, sagte sie.

Daß der Sohn so aus der Art schlägt. Die Leute im Dorf sticheln: Fürn zweetes Kind hatn ja die Wirtschaft keene Zeit gelassen.

Wer konnte das ahnen, denkt die Juschkon. Frieher gaab es niichts anderäs als auf den Hof der Äältern.

Den Leuten sagt sie: Der väärdient scheenes Geld.

Der Sohn arbeitet im Tagebau.

Ich baggre mir langsam ran an euch, sagte der Sohn.

Die Juschkon schneuzt sich mit einem Männertaschentuch. Hat ja auch sein Gutes. Die Deputatkohle verfeuern sie. Seither sitzt Juschko im Winter hemdsärmlig in der Stube und schläft öfter im Sessel ein.

Die Frau probiert das Flurlicht.

Es bräännt, sagt sie. Gott sei Daank blooß die Bierne.

Sie plumpst aufs Sofa zurück und drückt gegen die Aufregung mit den Handflächen auf die Brust.

Sie pummelt sich doch wieder hinter dem Tisch hervor. Im Flurfenster sieht sie nach der Totenkeule, dann holt sie, um den Mann auszusöhnen, ein Glas süßsauren Kürbis aus dem Keller. Sie zieht am Gumminippel des Einweckrings. Die Finger rutschen ab. Mit dem Schürzenzipfel wird es griffiger. Das Glas zischt, und der Kürbisgeruch siegt über den des schmorenden Krautes.

Die Kürbisse stammen von ihrer Triumphernte:

Die Juschkon wetteiferte mit Frieda Lärke um die höchsten Gartenerträge.

Die Juschkon sprengte am engmaschigen Zaun zu Frieda Lärke die Kürbisse. Aus dem Schlauch hüpfelte ein dünner Strahl.

A elenda Pißbogen, rief Frieda herüber.

Die Juschkon rieb sich vor Ungeduld abwechselnd die Waden mit dem gegenseitigen Hacken. Waden und Rocksaum waren schon erdverschmiert.

Frieda nutzte ihren Hausbrunnen noch für Brauchwasser. Den hatte zu Lebzeiten von Friedas Mann ein struppiger Zigeuner angelegt. Rückwärts gehend und nach hinten gebeugt hatte der die Stelle für den Brunnen bestimmt. Juschkos hatten das aus dem Fenster beobachtet.

Ein Zigainer, sagte die Juschkon. Daas Waasser wird versiegen.

Frieda hielt den Schlauch mit beiden Händen und sagte:

Wenn ich voll offdrehen tue, reißts die Pflanzen raus!

Über ihnen hummelte das gelbe Agrarflugzeug. Frieda zog bei jedem Überflug den Kopf ein.

Macht ein' ganz meschugge, der Fliega, sagte sie.

Die Kürbispflanzen goß Frieda mit abgestandenem Wasser aus der Tonne. Sie hatte in dem Jahr ihren Kürbishaufen erstmals hinter ihrem Grundstück am Rande des Feldes angelegt. Sie versprach sich dort mehr Sonne, um die Juschko-Kürbisse auszustechen.

Frieda duckte sich plötzlich hinter den Kürbishaufen.

Reißt einem noch den Kopp ab, der dämliche Fliega, sagte sie, und drohte mit der Faust.

Das Flugzeug kippelte mit den Tragflächen. Frieda wischte noch eine Weile an den Augen.

Nach Wochen hatten Friedas Kürbisse Blätter wie tropische Wasserpflanzen, auf denen sich ein Krokodil ausstrecken kann.

Die Kreisseite brachte ein Bild: Frieda in den Klauen ihrer Kürbisranken.

Es setzte eine Wallfahrt zu dem Wunder ein.

Leibisch stellte am Wochenende Stühle unter die Kastanie und kochte Kaffee und verkaufte Kekse.

Die Kekse bezog er von der Littig-Frau aus dem Konsum. Dort machten sie ihrem Namen Ehre: DAUER-Backwaren.

Leibisch schüttete die Kekse auf ein Blech und schob es in die Backröhre.

Hanne probierte: es schnurpste.

Wie von Bahlsen, sagte sie.

So war dann auch der Preis.

Frieda sagte zur Juschkon: Zur Ernte bestell ich deinen Mann mit'm Kran.

Bei der Juschkon leuchteten schon tennisballgroße Früchte. Aber unter dem mächtigen Blattgewölbe bei Frieda blieb jeder Fruchtansatz aus.

Wer weiß, waas du fier Samen haattest, sagte die Juschkon. Vielleicht voon einer Palme.

Gut Ding will Weile haben, sagte Frieda und untersuchte die Blattansätze nach Blüten.

Is ja egaal, sagte die Juschkon, machste dir einen schöönen Salaat davoon.

Sie sprach extra richtige »ö« bei schön.

Eines Morgens hingen Friedas Kürbispflanzen schlaff und schrumplig über dem Erdhaufen.

Jäätzt ist die Luuft raus, sagte die Juschkon.

Frieda schob die Zunge unter die Oberlippe.

Darüber lacht die Juschkon noch immer. Sie wird morgen der Frieda erzählen, daß sie wieder Kürbis hatten. Von dem, na du weißt schon . . .

Wo blooß die Tootenkeule bleibt, sagt die Juschkon.

Sie hat nichts mehr zu tun. Im Frühjahr ist die Küche belebter: Im Schieber unter dem Herd ziehen die Juschkos Gössel auf. In diesen Wochen heben die beiden Leute die Holzpantinen nicht von den Bodenfliesen, um keines der neugierigen und piepsenden Gössel zu zertreten.

Für die Juschkon ist ein Leben ohne Viehzeug undenkbar.

Ein Hof ohne Hühnerscheiße iist wie Suuppe ohne Saalz, sagt sie.

Deshalb blieb sie im Stall bei der Zerteilung in Tier und Pflanze.

Wie bei Huhn und Ei wußte später keiner, wer zuerst da war, die Losung oder die 4000er Milchviehanlage.

Jedenfalls stand die Losung etlichemal auf Bolze-Brettern in Wuttkow: Großanlagen in der Tierproduktion – Fundament unseres Voranschreitens – Alles für die stabile Versorgung der Bevölkerung.

Für Mitzig war Hasenhubers Büro der Ausgangspunkt der Anlage.

Paris, sagte Hasenhuber zu Mitzig und steckte sich eine F 6 an.

Der Ort wirkte. Dort, inmitten der Exotik, tagten Rinderfachleute.

Wir streben Tierkonzentrationen von viertausend Milchkühen an, sagte Hasenhuber. Da war Ruhe im Saal. Hättest du eine Stecknadel runterfallen hören, sagte Hasenhuber.

An Mitzigs Weltbild gab es nichts zu rütteln. Er wußte, wie weit und verschlungen Wege von einem DDR-Schreibtisch aus nach Paris waren. Nein, Hasenhuber hatte keinen Anschluß an solch einen Weg.

Es klopfte: Littig.

Verschlafen, sagte er und zuckte mit den Schultern.

Wie immer, sagte Hasenhuber.

Mitzig versuchte zu vermitteln: Bei der Frau.

Zurück zu den Kühen, sagte Hasenhuber. Sie werden in der Großanlage mindestens einen Durchschnitt von viertausendfünfhundert Litern haben.

Hasenhuber schoß mit dem Zeigefinger auf Littig: Sage uns mal ganz laut, wieviel Literchen du heute schaffst!

Natürlich kannte Hasenhuber die Zahl und auch Mitzig.

Zweitausendeinhundert, sagte Littig und wußte, daß er nichts gegen eine Großanlage zu sagen hatte.

Wir bauen eine viertausender Milchviehanlage nach Wuttkow, sagte Hasenhuber. In Wuttkow ist die beste KAP. Der Wettbewerb hat das eindrucksvoll bewiesen.

Littig probierte, sich 4000 Kühe auf einen Haufen vorzustellen. Bei 500 blieb er stecken.

Mitzig fuhr mit dem Zeigefinger zwischen Hemdkragen und Hals.

Vielleicht ein bißchen zuviel, sagte er.

Hasenhuber pendelte mit dem Drehstuhl.

Er zog einen Halbkreis und stieß mit dem Knie an die Glasvitrine. In ihr standen die Klassiker. Die benutzte er, um nach passenden Zitaten zu blättern.

Jetzt griff Hasenhuber nach einer Broschüre. Er vollendete den Kreis mit dem Stuhl und hatte Mitzig und Littig wieder im Blick.

Die Broschüre war eine Werbe- bzw. Aufklärungsschrift über die Milchviehanlage: Die MVA-Lösung der Probleme.

'ne richtige Milchfabrik, sagte Littig.

Hasenhuber lächelte: Die höhere Stufe von Ohne-Gott-und-Sonnenschein!

Ein paar Nummern zu groß, sagte Littig.

Meinst du, die Zukunft liegt in den lausigen Ställen der Pollke-Zeit? schrie Hasenhuber. Wie soll es besser werden, wenn wir nichts dafür tun, wenn wir nichts verändern!

Littig hockte auf seinem Stuhl wie ein Hase in der Falle.

In der Broschüre waren die Notwendigkeiten und Vorteile einer MVA wissenschaftlich bewiesen und in Stabsstrichen zusammengefaßt.

Mitzig hatte die Leute in Wuttkow erlebt. Sie sagen: Besser ist es dort, wo es einem besser geht.

Wann erleben wir die Vorteile des Sozialismus, hatte die Juschkon gesagt. Ich miste noch immer mit der Karre aus.

Das umständliche Melken. Die Kleckserei beim Futterfahren. Die veralteten Ställe: wenig Licht, wenig Luft, wenig Platz. Die Dorfjugend geht lieber in die Stadt.

Mitzig blätterte noch einmal in der Broschüre. Die Stabsstriche lösten die Probleme.

Sind keine Nachteile zu erkennen, sagte Mitzig und reichte die Broschüre Littig.

Mensch, sagte Mitzig, wir haben schon andere Dinger zusammen geschaukelt!

Du hast es Heiner zu verdanken, daß du Vorsitzender bist, sagte Hasenhuber. Du warst auch von Anfang an dabei. Wir müssen uns auf unsere Leute verlassen können.

Außerdem, setzte Hasenhuber hinzu, hättest du Ruhe mit deinen Milchleistungen, da du die richtigen Schlußfolgerungen gezogen hast.

Wir lassen keinen im Stich!

Die Littig-Frau klagte darauf im Konsum, daß der Mann nachts manchmal schrie und schweißgebadet im Bett lag und nicht ansprechbar war.

Die Juschkon sagte: Voon weegen, als wenn du deen zum Sprechen wecken tätst.

Die Littigen vergaß darüber beim Hackepeterwiegen den Daumen auf der Waage.

Den bezaahle ich niicht mit, sagte die Juschkon.

Die Littigen klackste Ausgleichshackepeter dazu, wischte das Messer am Einpackpapier ab und nivellierte an dem Zehntelgramm.

Wirste bald zu dicke werd'n, sagte die Littig-Frau zur Juschkon, wenn de im neuen Stall nur Knöppe drücken tust.

Zu Hause rechnete der Bauer in Juschko aus, was eine Kuh an Futter benötigte. Das multiplizierte er auf einem Zeitungsrand mit 4000. Als er raushatte, wieviel Anbaufläche dafür notwendig war, schüttelte er den Kopf.

Juschko riß seine Berechnung von der Zeitung ab, zog Filzstiefel und Steppjacke an.

Im Hof tapste eine junge Katze im ersten Schnee ihres

Lebens. Sie zuckte mit den Pfoten, als balanciere sie über glühende Kohlen. Die Katze flüchtete sich zu Juschko. Der stolperte über das Tier und rutschte aus.

Die Katze fauchte, und Juschko fluchte.

Die Juschko-Frau rief aus dem Stall: Waas iist denn daas fier ein Spektaakel!

Juschko klopfte sich den Schnee von der Hose.

Mistvieh, sagte er und trat nach der Katze. Das nahm ihm das Gleichgewicht, und er lag wieder auf dem Hof.

Die Frau ging der Sache nun doch nach.

Ohne Mitze, sagte sie zum Mann.

Die Katze schmiegte sich an die Trainingshosen, der Juschkon, die sie wegen der Kälte unter den Rock gezogen hatte. Wirst dir den Tood holen, sagte sie zum Mann und holte Luft für neue Sätze.

Laß mich in Ruhe, sagte Juschko und stapfte aus dem Hof.

Die Juschko-Frau hechelte Atemwölkchen in die klare Luft und versetzte der Katze den vom Mann angekündigten Tritt. Das Tier verkroch sich in der Scheune und hatte genug vom Schnee.

Mitzig schob vor dem Hauseingang Schnee. Der Schieber war Eigentum der Hausgemeinschaft. Das hatte Littig mit Filzstift auf den Stiel geschrieben.

Das untere Brettchen des Schiebers war locker. Keiner kümmert sich darum, dachte Mitzig und klopfte es mit einem Hammer gerade. Den Hammer steckte er in die Jackentasche. Er prüfte: Wird schon noch halten, bis ich fertig bin, und er sparte den Nagel.

Plötzlich wedelte Juschko mit dem Zeitungsrand.

Hier, hier, sagte Juschko und hatte nichts im Sinn mit einem »Guten Tag«.

Die Schrift des Kopierstiftes zerlief in Mitzigs nassen Händen.

Und? sagte Mitzig.

Wir brauchen dreimal mehr Futter für die viertausend Kühe, sagte Juschko.

Und, sagte Mitzig.

Und, und, und, Juschko schrie. Die Felder ausrollen wie Kuchenteig? Damit mehr Hektar werden!

Intensivieren, sagte Mitzig. Meinst du, andere rechnen nicht! Fünf Intensivierungfaktoren stehen in der Broschüre. Das bringt mindestens den dreifachen Ertrag. Lies selber nach!

Er steckte den Schieber in einen Schneehaufen und stützte Hände und Kinn auf das Stielende.

Ihr Bauern, sagte er, habt euch von jeher gegen Neues und Unbekanntes gesträubt und tausend Wenn und Aber aufgefahren. Jedoch mit dem gerade Gegenwärtigen wart ihr auch nie zufrieden.

Mitzig rüttelte am Schieber. Das untere Brett blieb im Schnee stecken.

Mist, sagte Mitzig. Nach einer Pause:

Ihr habt euch nach den jeweils alten Zeiten gesehnt.

Juschko wischte mit dem Taschentuch einen Tropfen von der Nase.

Das nun nicht mehr, sagte er.

Zum Bau der Anlage rodete der Forstbetrieb hinter Wuttkow Wald. Die Festmeter fehlten dem Forst noch an der Erfüllung des Exportplanes. So hatte die Anlage schon Nutzen, bevor sie in Betrieb war.

Die Juschkon meckerte. Sie hatte dort ihre Pfifferlingsstellen.

Als die Anlage fertig war, dachte bei so viel Beton keiner mehr an Pfifferlinge und Wald.

Juschko fuhr für die neue MVA in Wuttkow Silage.

Seit früh schoben sich die Scheibenwischer seines W 50 das Regenwasser zu. Der Gummi rubbelte über die Scheibe und hinterließ je nach Regenstärke Schleifspuren.

Nun pappte Schneematsch. Juschko schaltete das Licht an.

Frieda hatte einen strengen Winter geweissagt. Juschko hatte bei dem zeitigen Schnee Angst, daß sie recht behielt. Er blinkte links, bremste und bog in den Feldweg ab. Der Weg war zerspurt. Juschko schlengerte den LKW mit dem Allradantrieb hindurch.

Am Silo herrschte Grabesstille. Der Kran hatte seinen Giraffenkopf auf die Erde gelegt. Vom Fahrer, dem langen Hein, steckte an der Türscheibe ein Zettel: Silo leer. Fahre heeme.

Juschko stellte sich an den Silorand und sah in die Leere, die ihn mit geteertem Grund angähnte.

Viele Silos hatte die KAP nicht mehr, jetzt im November. Wie sollten die 4000 Kühe den Winter überstehen. Der Bauer Juschko wußte, was Futterknappheit bedeutete.

Er stieg in den LKW und holte Mitzig.

Was gehen mich Littigs Kühe an, sagte Mitzig.

Juschko zeigte auf die Scheibenwischer: Wie bei denen, jeder schiebt's dem andern zu.

Sie stiegen aus und liefen durch das Silo. Nur der Geruch erinnerte noch an die Silage. Juschko hatte keine Jacke an, Hemd und Pullover klebten vor Nässe am Rükken.

Der Littig packt es nicht, sagte Juschko.

Zum Abendbrot aß Juschko nichts. Die Zähne schlugen aufeinander. Die Frau stopfte ihn mit Honig voll, auf den sie heimlich Brennesselsaft tropfte.

Unterdessen schneuzte sich der lange Hein nach dem fünften Grog im »Hohen Tritt«. Aus dem Körper wich allmählich der naßkalte Tag. Nur in den Füßen hielt er sich fest.

Hein visierte die Schleife der Ursel-Bedienung an. Doch die bezupfte ein Bärtiger.

Der lange Hein beargwöhnte den Fortgang der Zupferei. Er ahnte, warum so etwas Anbändeln hieß.

Hein bestellte weitere Grogs. Damit er von der vielen Flüssigkeit keinen Schluckauf bekam, ließ er nur den Weinbrandverschnitt bringen und den Zucker.

Die Zuckerstücke sättigte er mit dem Schnaps und lutschte sie in den Bedienpausen. Die dehnten sich wegen des Bärtigen aus.

Plötzlich schrie Hein: Eh! betatsch das Mädel ni'! Eh!

Ursel sagte: Hab dir nich so affich.

Der Bärtige schwieg. Er schlug lieber zu.

Der lange Hein spuckte Blut und Zucker.

Seine dritte Frau tupfte zu Hause das Blut ab und tröstete den langen Hein.

An den nächsten Tagen waren Hein und Juschko krank.

Danach holten sie jeder mit einem LKW und Hänger Silage von einer anderen KAP. Mitzig hatte das organisiert. Die Fahrstrecke betrug 180 Kilometer hin und 180 Kilometer zurück.

Der lange Hein legte auf die Motorhaube ein Kofferradio. Das hielten Einweckgummis am Leben. Es kreischte und knatterte.

Der lange Hein sang mit, daß der Fußballwimpel an der Sonnenblende flatterte.

Endlich mal richtig Laster fahren.

Friedas Weissagung über den Winter erfüllte sich.

Da fallen die Krähen von den Telegrafenstangen, sagte sie, und sie strickte aus der Wolle ihrer Schafe noch ein Paar Socken.

Die Juschkon befühlte die am Bein ihrer Nachbarin und sagte: Die täät ich für die Knie brauchen.

Frieda erfüllte den Wunsch.

So bewehrt, überstanden beide den Winter gut. Von den Kühen ließ sich das nicht behaupten.

Ein Jaammer, sagte die Juschkon im Konsum. Sie hatte die Knieschützer noch auf dem Sofa in Bereitschaft liegen.

Mitzig kaufte gerade ein, weil Marlene die Nelli versorgte. Mitzig sprach nun öfter mit Marlene über ein Pflegeheim für Nelli.

Sie ist dir lästig geworden, hatte Marlene gesagt.

Mitzig war in den Konsum geflohen.

Die Juschkon sagte noch einmal: Ein Jaammer mit die Kiehe!

Ja, ein Jammer, sagte Mitzig, bezahlte und ging.

Weiter sagta nischte. Damit leitete die Littig-Frau das Abladen ihres Kummers ein. Erscht den Mann überreden zu die Anlage. Das heißt, gezwungen ham sen, zusammen mit dem Kreisheini.

Sie schluchzte: Ich hab keen richtschen Mann mähr.

Für die nächste halbe Stunde war jede Handelstätigkeit im Wuttkower Konsum unmöglich.

Allerdings hatte Mitzig schon einiges unternommen, um bei den Kühen die Hungersnot im nächsten Winter zu lindern.

Er leitete den Bau von Hochsilos ein.

Hasenhuber sträubte sich: Was das kostet. Lieber den Sprit fürs Ranholen.

Keiner gibt uns sein bestes Futter, sagte Mitzig.

Uns fehlen die Erfahrungen mit Hochsilos, sagte Hasenhuber.

Da sind wir eben mal wieder Vorreiter, sagte Mitzig.

Du, sagte Hasenhuber, du, nicht wir.

In den Sommerhimmel reckten sich weithin sichtbar drei silbern glänzende Hochsilos.

Die Silos bildeten den Endpunkt einer Asphaltstraße, die Mitzig dem Kreis abgerungen hatte.

Die Straße führte durchs Dorf, vorbei an dem Neubaublock, dem Konsum und dem Kulturhaus zur Milchviehanlage.

Mitzigs Triumphstraße, sagten die Leute.

Blütchen, der Futterbrigadier der KAP Wuttkow, zeigte auf die Hochsilos und sagte: Dafür habsch den Hut off.

Bei dem Hut wird's ja werden, sagten die Leute.

Er trug auf seinem murmligen Kopf eine Baskenmütze. Neigte sich ihr Knuppel aus Altersschwäche zur Seite, zog er einen Draht ein.

Blütchen durchlebte einen Rundungsprozeß. Bereits rund waren der Kopf, die Ohren, die Nase, die Backen – oben und unten – und sein Alter mit 30 Jahren. Er strebte den Rundungsanschluß über den Bauch an. Bewegung wirkte dagegen. Er vermied sie ebenso wie Aufregung.

In sein Gesicht flitzte bei jeder Gelegenheit ein Lachen, das wehrte Meinungsverschiedenheiten ab.

Das Nachbardorf hatte sich Blütchen bei der KAP-Bildung vom Halse delegiert. Dagegen konnte Mitzig nichts unternehmen.

Blütchen thronte in dem Wiegehäuschen bei den Hochsilos. Über seinem Lächeln steilte der Baskenmützenknuppel. Auf dem Tisch lagen drei Schnittenpakete.

Der lange Hein verwechselte das mit der Mannschaftsverpflegung. Er langte zu, während der Brigadier die Fuhre wog. Bei der Richtigstellung verzichtete Blütchen auf jede Freundlichkeit.

Dann lagen noch drei Hefte auf dem Tisch, für jedes Silo eines. In die trug Blütchen Menge und Trockensubstanzgehalt jeder Fuhre Grassilage ein.

Rechts stieß Blütchens Schulter gegen den Trockenschrank. Mit dem bestimmte er die Trockensubstanz und hatte anhand der Werte zu entscheiden: Hochsilo oder Flachsilo.

Der Zeitwecker für die Proben klingelte ungelegen, Blütchen frühstückte. Erst beißender Gestank nach verkohltem Gras veranlaßte ihn, die Probe zu beenden.

Scheene müfflisch, sagte er, sperrte die Tür auf und sicherte sie mit einem Ziegelstein vor dem Zufallen.

Ai, Godd, sagte er, so zieht's am Kraize.

Er winkte den Traktor zum Hochsilo.

A bissel sieht's man ja ooch, sagte er und verzichtete von nun an auf die aufwendige Trocknerei.

Ieberleschung spart Reschung, sprüchelte er und schrieb die Daten – wie er sagte – aus'm Lamäng.

Reibungslos stopfte die Annahmevorrichtung die Hochsilos voll.

Ja, ja, sagte Blütchen zum Abschluß, inna Ruhe liescht die Kraft. Silos an sich gut – aber Schlamperei

Die Kraft reichte aus, um später die Spannringe eines Silos zu sprengen. Die Silage war zu naß hineingekommen.

Währenddessen drehte Blütchen seine Baskenmütze lieber in einer Softeisbude der Stadt. Die Entleerung dieser Maschine funktionierte mit leichtem Hebeldruck und versprach mehr Gewinn.

Das schlecht silierte Futter umfraßen die Kühe auf dem Futterband. Sie verbrauchten dafür zusätzliche Muh-Energie.

Die Juschkon sagte: Von dem Zeug wird die Milch weniger.

Die Wuttkower sagten zur Großinvestition Hochsilos: Leichenfinger.

Hasenhuber sagte zu Mitzig: Da hast du uns was Feines eingebrockt.

 Hasenhuber gibt Mitzig Schuld

Halber schüttelte den Kopf. Er zerkrümelte mit der Hand einen Ballen der stinkenden Silage.

Bestes Futter hätte es in den Silos werden müssen, sagte er. Blütchens Trockenwerte stimmen niemals. Die Verantwortung des einzelnen entscheidet. Lahmarschigkeit kann Hunderttausende kosten.

Mitzig floh. Erst am alten Weg ums Dorf fand er sich wieder zurecht. Die Brombeeren rissen an seinem Hosenbein. Die Ranken erinnerten ihn an seine Kindheit.

Mit Johannes pflückten sie hier die Früchte in Milchkrüge für Gelee. Einmal entdeckte er eine ungewöhnlich bunte Spinne in der Mitte eines ebenmäßigen Gewebes. Als er sie Johannes zeigte, zappelte die Spinne im Netz und wurde von einer anderen ausgesaugt. Im eigenen Netz gefangen, sagte Johannes.

Mit den vollen Milchkrügen liefen sie in einem Umbogen nach Hause, vorbei am Philosophenstein. Dort rasteten sie.

Johannes erzählte von seinem Atlantis, während sie die Brombeeren aus den Krügen aßen.

Johannes hatte auf jede Frage eine Antwort.

Wohin sollte Mitzig jetzt mit seinen Fragen, woher Antworten nehmen.

Nicht einmal der Weg war geblieben, ein Stückchen weiter war er überackert, zu großer Fläche geworden.

Mitzig ging zurück.

Juschkos Hofhund schlägt an.

Der Mann und die Frau sind gleichzeitig draußen, sie haben lange genug darauf gewartet.

Hanne Leibisch steckt die Totenkeule durch einen Spalt des Tores.

Keinen Schritt weiter, bei die Töle, sagt sie.

Die Juschkon nimmt die Totenkeule ab.

Schön Tach noch, sagt die Hanne und dreht sich um. Mit den unbeweglichen Knien ähnelt ihr Gang dem Schaukeln eines Seemannes.

Die Juschkos essen. Er stekert mit der Gabel auf dem Teller.

Fleisch zerfällt, Kartoffeln pappig und 's Kraut zerkocht, sagt Juschko.

Wir sind halt aus dem Gewohnten gekommen, sagt die Frau.

Aus dem Gewohnten war sie auch durch die Milchviehanlage geworfen worden.

Früher radelte die Juschkon jeden Morgen dreiviertel vier in den ehemaligen Pollke-Stall. Um elf aß sie bei Frieda Mittag, an Buchteltagen zu Hause Spiegeleier. Um eins schleppte sie das Einkaufsnetz aus dem Konsum. Um zwei war sie wieder im Stall. Zu allem trug sie die Arbeitstracht.

Zur Milchviehanlage holte die Juschkon ein W 50 mit Personenaufbau zur Schicht. Sie schaffte den großen Schritt von der Dorfstraße auf die erste Stufe des W 50-Treppchens nicht. Der Fahrer stellte eine leere Bierkiste hin, hielt seine Mütze vor den Bauch und sagte mit Bückling:

Mielädie.

Langte die Juschkon auf der obersten Stufe an, stopfte er sie durch die Tür.

Angekommen in der Anlage, weigerte sie sich, mit den anderen Frauen zu duschen.

Naackig vor Fräämde, sagte sie.

Sie hielt das Duschen für eine Unterstellung: Als wär iich ein drääckiges Weib, sagte sie.

Sie verstaute die Tracht in einen Spind. Statt dessen zog sie Hose, Bluse und Kittel an, alles in Weiß.

Die Mädchen aus der Stadt hielten die Juschkon für prüde. Sie zweckten einen Männerakt an die Innenseite ihrer Schranktür.

Glucksend warteten die Mädchen auf die Wirkung.

Die Juschkon nahm in aller Gründlichkeit Maß und sagte:

Niicht viel draan. Na, fier eich Spilliinge wiirds reichen!

Sie plumpste auf eine Bank, deren Beine sie schon kipplig gesessen hatte, und wartete, bis die Mädchen geduscht hatten.

Ebenso war für die Juschkon die Desinfektionslösung ein großes Ärgernis. Zweimal am Tag mußte sie am Eingang durch die Wanne. Da gab es kein Vorbeimogeln.

Die Lauge griff die Schuhsohlen an.

Einzig dem Futter gelang es, hygienisch unbehelligt ins Maul der Tiere zu kommen.

Schwache Stelle im weißen Kreis, nannten die Projektanten das Futter.

Die Juschkon arbeitete am Melkkarussell. Das bedeutete, sie steckte Schläuche auf die Kuheuter.

Sie molk mit der Hand nach. Aber die Mädchen aus der Stadt hatten noch nie mit der Hand gemolken. Außerdem schmälerte das die Leistung.

Die Folge waren Euterkrankheiten.

Die Juschkon sehnte sich danach, es wieder mit Kühen im Ganzen zu tun zu haben, nicht immer nur mit den Eutern.

In der Anlage standen sie auf Rosten. Für diese Belastung hatte sie die Natur nicht gewappnet. Beim Liegen schürften sich die Tiere die Haut auf.

Die Juschkon barmte.

Die Mädchen unterhielten sich über Mode und Schlagerstars. Und sie summten: Es wird schon alles gut. Du mußt nur fest dran glauben!

Hasenhuber kündigte den Besuch einer ausländischen Delegation an. Littigs Augenbrauen zuckten über der Nasenwurzel zusammen, die schlaflosen Nächte. Er hatte seine Lebenskoordinaten verloren, die zwischen Frau, Geldverdienen und Bett gelegen hatten.

Hasenhuber begegnete Littigs Abwehrmanövern:

Klappern gehört zum Handwerk!

Vor lauter Geklappere hört man nichts mehr, sagte Littig.

Nörgler und Miesmacher, sagte Hasenhuber.

Für den Delegationstag beantragte die Littig-Frau die Schließung des Konsums. Als Frau des Vorsitzenden der Tierproduktion war sie zum offiziellen Essen geladen. Das fand im Kulturhaus statt. Ein Barkas fuhr seit Tagen das Notwendige dorthin.

Bürgermeister Wuschko befingerte den Antrag.

Vorher verkaufste Milch, sagte er.

Wuschko schrieb in die vorgedruckte Schließgenehmigung 11 Uhr, knallte das Siegel darunter und umkreiste das mit seinem Anstrich vom Unterschrifts-W.

Zwei Mark, sagte er.

Wofier denne, sagte die Littigen.

Verwaltungsgebühr, sagte Wuschko.

Ich pfeif off deine Verwaltung, sagte sie.

Ohne die geht nichts, sagte der Bürgermeister. Hast du keine Gebühren, ist die Genehmigung nicht rechtskräftig. Machst du dann den Laden zu, ist es ungesetzlich. Gegen Ungesetzlichkeit schreitet die Staatsmacht ein. Und die bin in Wuttkow ich!

Ha, ha, du! sagte die Littig-Frau. Bei mir tuste dich dicke. Beim Mitzig kneifste den Schwanz ein.

Das traf Wuschkos Ehrgefühl, weil es stimmte. Der Mitzig hatte die längeren Arme, nicht nur körperlich. Seine Armverlängerung hieß Ökonomie und Technik. Beides braucht ein Gemeinwesen.

Am Morgen des Tages der Delegationsankunft quollen aus dem Drei-Eichen-Moor erste Herbstnebel. Sie verbreiteten Trübheit.

Nur vor dem Eingang zur Anlage war ein Farbtupfer: die Juschkon in Festtagstracht.
Die Frau war die sorbische Dekoration für den Besuch.

Das machte sie keimfrei. Littig trug sie über die Seuchenwanne, von Umziehen und Duschen keine Rede.

Die Mundwinkel der Juschkon wägten verkniffen zwischen Ärger und Aufwertung ihrer Person. In dieser Unentschiedenheit hielt sie den Brotlaib mit dem Salz zur Begrüßung entgegen.

Das war niemals sorbischer Brauch. Paßt immer, hatte Hasenhuber gesagt.

Die Delegationsmänner hatten sich über die Anzüge weiße Kittel gemummt. Auch bei ihnen keine Duschszenen.

Zwei einheimische Professoren, Mitzig, Wuschko, Littig und Hasenhuber eskortierten die Abgesandten aus fernen Ländern.

Der Oberausländer probierte, von dem Brot ein Stück abzubrechen. Das mißlang. Die Littig-Frau hatte sich für die Verwaltungsgebühr gerächt.

Endlich hatte der Mann mit Hilfe Hasenhubers ein Stückchen Brot in der Hand.

Wie üblich, war jetzt der Abtritt der Juschkon vorgesehen. Die aber, ungeübt im Umgang mit Regieanweisungen, schloß sich den honorigen Herren an. Kein Zischen und Puffen half.

Die Juschkon hatte vor Aufregung Schleim im Hals. Sie spuckte im Stall auf die Roste.

Der Oberausländer kaute noch an dem Brot. Er hielt das Spucken für ein Zeichen, wie er sich davon befreien konnte. Dankbar nahm er an und bändelte über den Dolmetscher ein Gespräch mit der Juschkon an. Da blieb für die Eskorte nur, freundliche Miene zum bösen Weib zu machen.

Desorientiert und vom Fachvokabular der preisenden einheimischen Professoren verwirrt, warf die Juschkon plötzlich in die Debatte:

Raus missen die Kiehe, auf die Weide, an die friesche Luuft. Sonst läben die Fliegen im Staall läänger.

Der Dolmetscher verstand die Mimik des Professors falsch und übersetzte. Souverän rettete der Professor:

Weide ist überholt, gute Frau.

Er beklopfte der Juschkon gütig den Rücken.

Littig erläuterte die strohlose Haltung und ihre Vorteile.

Dabei tääten wir den Miist dringend auf dem Fäälde benöötigen, sagte die Juschkon.

Der Professor lockerte den Schlips, der Ärger ließ sein Doppelkinn anschwellen. Dann hatte er sich wieder gefangen und sagte:

Mist ist Mist!

Er lachte, daß die umstehenden Kühe an den Ketten rissen.

Wozu haben wir die Chemie, erklärte er, die macht alles genauer und wirksamer.

Der andere einheimische Professor nahm ihn beiseite und fragte leise:

Nimmst du in deinem Garten keinen Mist mehr?

Mitzig stand dabei und sagte nichts und wußte es doch besser.

Die Juschkon fühlte sich allein gelassen.

Arbeite mit, denke mit, regiere mit! las sie auf rotem Grund über den Köpfen der Kühe.

Littig übertrug der Juschkon, jeden Tag den Pegelstand der drei Güllebehälter zu messen und in ein Buch einzuschreiben.

Die Maisonne trieb Blasen auf die Gülle.

Das Futter wuchs, und die Kühe hatten etwas wiederzukauen. Ihr Fell straffte sich, und die Milchleistungsspalte von Littigs Abrechnung machte einen freundlicheren Eindruck.

Littigs Windmühlenflügel hießen Gülle.

Juschko und der lange Hein fuhren die Gülle 1000-literweise auf die Felder, aber die Behälter an der Anlage waren trotzdem immer voll.

Die scheißen uns zu, sagte Juschko.

Der lange Hein hatte schnell die Nase voll von der neuen Beschäftigung. Er sehnte sich nach den Futterfahrten mit dem LKW.

Im Hohen Tritt rückten sie von ihm ab. Zur Ursel sagten die Gäste:

Gucke ma in die Ecken nach! und rümpften die Nase.

Ursel sagte zum langen Hein: Du stinkst mir an.

Sie entzog ihm ihr Schürzenbändchen.

Beim Güllefahren drehte der lange Hein, wenn es keiner sah, hinten das Faß auf und wartete vorn, bis es ausgelaufen war. Das erhöhte die Leistung und verlängerte die Frühstückszeit.

Heins dritte Frau hatte keine Zeit, ihm Schnitten zu schmieren. Ihr Tag begann eher, sie wischte in einem Krankenhaus die Flure und Zimmer. Das erklärte ihre Abneigung, es zu Hause auch noch zu tun.

Jedenfalls kaufte sich Hein im Konsum eine Flasche Milch, vier Brötchen und Wurst. Anfangs belegte die Littig-Frau Heins Brötchen.

Dann aber sagte sie:

Der frißt sie rein und guckt nach die andren Weiber!

Nach drei Wochen Güllefahren erteilte sie dem langen Hein Konsumverbot.

Aus hieginischen Gründen, sagte sie.

Sie packte Brötchen und Wurst in eine Tüte und

stellte die zusammen mit der Milch draußen auf die Treppe.

Das sprach sich unter den Dorfkatzen rum. Der lange Hein durfte sich nicht verspäten.

Mit der Zeit schlug ihm die Gülle auf den Magen. Er überließ das Frühstück den Katzen und klippste Hosenträger an seinen Arbeitsanzug.

Die Littigen sagte: Arsch hat der ooch keen mehr inna Hose! Wa weeß, was da drinnen noch so fehlt.

Juschko plutschte die Gülle aus seinem Faß auf den Hang zum Kulturhaus.

Ein Stückchen links von ihm röhrte ein Häcksler. Er fraß den Schwaden des angewelkten Futters und spuckte ihn zerkleinert auf einen LKW. Um den Häcksler stakten zwei Störche. Sie spießten nach den aufgescheuchten Mäusen.

Viel Futter blieb zum Silieren nicht. Die Kühe fraßen und fraßen das Grünfutter.

Und die Leute das Fleisch und die Butter, dachte Juschko. Ein Weltrekord bedingt den anderen.

Juschko zeichnete auf die Stoppeln eine braune Spur. Ihn umkreisten Möwen.

Wozu an die See, hatte er zur Frau gesagt, es kommt alles nach Wuttkow.

Die Gülle war das Schlaraffenland der Möwen. Bildete sich ein kleiner See aus Gülle auf dem Feld, spreizten sich die Möwen darauf und beschnäbelten ihr Glück.

Ausgetrocknet und mit fladiger Kruste bildeten diese Stellen dann Brandflecke auf dem Acker. Früher sagten die Bauern zu kahlen Stellen: Hier hat der Blitz eingeschlagen. Jetzt sagten sie: Leichenflecken vom Boden.

Das Zauberwort hieß Stickstoff. Davon wuchs alles, die Pflanzen auf den Feldern und die Algen in den Flüssen und Seen.

Algen → Stickstoff

Juschko zerkrümelte eine Handvoll Boden.

Der wird aufgefressen, sagte er.

Halber untermauerte das wissenschaftlich. Er berechnete die Abnahme der organischen Bodensubstanz.

Humus ist die Lunge des Bodens, sagten die Wuttkower Bauern.

Die Erträge steigen, sagte Mitzig. Von dem, was wir vom Hektar ernten, träumte ein Wuttkower Bauer nicht einmal.

In Mitzigs Büro summte die Neonröhre. Der Tag hatte es nicht eilig, er versteckte sich hinter Wolken und blieb unentschieden zwischen Spätherbst und Winter.

Halber zeichnete auf einem Zettel eine Ertragskurve. Die raste in den ersten Jahren nach oben, brach jäh ab und tauchte dann unter den Ausgangspunkt, ein Pfeil ins Bodenlose.

Die Talfahrt aufzufangen ist weitaus aufwendiger als eine vernünftige Humuswirtschaft heute, sagte Halber. Untersuchungen haben ergeben, daß es zwanzig Jahre und mehr dauert, bis sich der Boden wieder einpegelt.

Mitzig blieb starr, nur die Nase flügelte. Das Neonlicht vergröberte die Poren und Unebenheiten seiner Gesichtshaut.

Mitzig zuckte zusammen. Mit der Fingerkuppe stippste er Halbers Zettel auf dem Glas zu sich heran.

Er knickte den Zettel am Gipfelpunkt, nur der aufsteigende Teil der Kurve blieb zu sehen.

Das ist heute, sagte Mitzig. Das zählt und ist schon verdammt schwer. Die Zukunft kommt später.

Mitzig drehte den Zettel.

Die steht auf der anderen Seite des Blattes, sagte er.

Nein! sagte Halber. Die Zukunft wird heute entschieden. Wer sich daran vorbeimogelt, hat keine!

Mitzigs Sekretärin brachte die Unterschriftenmappe.

Im Gehen sagte Halber: Wenigstens das Stroh auf dem Acker lassen.

Mitzig sagte: Wir benötigen jeden Strohhalm zum Füttern. Was ist besser? Magere Kühe oder magerer Acker?

Mitzig schlug mit der flachen Hand auf den Schreibtisch und schrie:

Oder meinst du, irgendeiner – Kuh oder Mensch – frißt auch nur *ein* Gramm weniger, wenn du ihm deine schöne Kurve zeigst!

Die Milchviehanlage machte eine neue Wasserleitung erforderlich. Im Projekt führte sie am Dorf vorbei.

Mitzig sprach mit dem Projektanten vor Ort. Es war so heiß, daß nicht einmal die Grillen zirpten. Mitzig saß auf einer Kiste mit Spargel.

Der Projektant putzte seine Brille. Die Anzughose klebte an der Haut. Er sah zu Mitzig und dachte: Bei dem hätten die kurzen Hosen gereicht.

Ist doch umständlich, die Leitung um das Dorf herum, sagte Mitzig. Geradedurch wäre besser.

Aha, dachte der Projektant, ein Geradeausdenker.

Die paar Anschlüsse mit, und das Dorf hätte Wasserleitung, sagte Mitzig.

Der Projektant wischte Schweiß und sagte: Plan? Bilanzanteile? Und . . . und . . . und . . .

Hier entlang, sagte Mitzig und zeigte über die Spargelkiste hinweg.

Die Kiste steht im Wege, sagte der Projektant.

Am besten, sagte Mitzig, die stellen Sie in Ihr Auto.

Die Anschlüsse zu den Gehöften mußten die Wuttkower selbst legen.

Ich habe ’nen guten Brunnen, sagte Juschko.

Frieda Lärke sagte: Wa weeß, ob danne der Kaffee noch schmecken tut.

Andere sagten: Da sind die im Vorteil, die keen vanünftigen Brunnen gebaut haben.

Uns kann keena zwingen.

Wuschko sagte zu Mitzig: Hast Uneinigkeit ins Dorf gebracht.

Eine Wasserleitung, sagte Mitzig.

In der Kneipe setzten sich die Parteien an verschiedene Tische.

Die Befürworter sagten: Wenn die Jauche von der Anlage im Grundwasser ankommt, fallen euch die Zähne raus.

Der trockene Sommer half nach. Anfang August hatten die Birken schon gelbe Blätter. Viele Brunnen versiegten.

Daas sind die Taagebaue, sagte die Juschkon, frieher haaten wir immer Waasser.

Die Leute unterschrieben.

Beim Bau sagte der Projektant zu Mitzig: Wir müssen die Grabenseite nehmen, die Baumwurzeln auf der anderen Seite machen uns zu schaffen. Sonst halten wir den Termin nicht. Dann kommen Fragen, zum Beispiel, warum durchs Dorf.

Den Graben verrohren wir. Das ist das einfachste!

Das bringt Ärger bei den Leuten, sagte Mitzig.

Zu den Leuten sagte Mitzig: Da sind wir die Kloake los. Außerdem habt ihr alle unterschrieben.

Frieda sagte: Dreckig war der Graben in den letzten Jahren wirklich.

Und zugewachsen mit Gras und Geschlingre.

Egal weg ausschippen müss' marn.

Der Dorfgraben war verschwunden, und die Wuttkower hatten Wasserleitung.

Littig klingelte Mitzig aus dem Schlaf: Die Gülle läuft über! Er hechelte Schaumblasen auf die Lippen.

Es hatte seit Tagen geregnet. Der Acker war aufgeweicht, die Frühjahrsbestellung stockte. Die Gülle konnte nicht auf die Felder gefahren werden.

Mitzig ergriff seine Kordhose und zog sie über. Sie beulte an den Knien und war ein Streitgegenstand mit Marlene. Nur noch die Dinger, sagte sie.

In die Güllebehälter war Regenwasser eingebrochen.

Außerdem, sagte Littig, läuft auch das Wasser aus den Gullys und der Reinigung mit rein. Kein Extrakreislauf.

Glucksend bahnte sich das Stinkende den Weg in Richtung Dorf.

Mitzig rannte nach dem Kran. Er baggerte einen Zulauf zum Dorfgraben.

Das versickert im Moor, sagte er.

Mitzig verlegte vom Bau überzählige Rohre in den Zulauf und verfüllte mit Erde.

Jetzt hast du bei Bedarf einen ständigen Überlauf, sagte Mitzig.

Du bist verrückt, sagte Littig.

Wer weiß mit der Gülle nicht, wohin, sagte Mitzig.

Aber . . ., sagte Littig.

Mit Aber löst man keine Probleme, sagte Mitzig. Er zeigte auf den Einlauf.

Das vermauern wir ein bißchen, damit es keiner sieht. Gott sei Dank, daß der Graben im Dorf verrohrt ist, sagte Mitzig.

Das mach ich nicht mit! Littig redete, um seine Verantwortung loszuwerden.

Sie klemmten in der Kabine des Kranes. Draußen war ihnen der Regen in die Kragen der Gummijacken gelaufen.

Mitzig sagte: Ich weiß, du bist für sichere Sachen und für bequeme. Was du bist, das bist du durch mich geworden!

Littig sagte leise: Eben.

Und noch leiser: Ich mache Schluß mit dem Vorsitzenden.

Diese Entscheidung setzte Littig konsequent durch, bei seiner Frau und bei Hasenhuber.

Wo wären wir, wenn jeder vor Verantwortung flieht, sagte Hasenhuber. Der Überlauf blieb.

Die Eichen krankten später etwas.

Die Juschkon schafft die Totenkeule zu Fännigers.

Auf der Dorfstraße treiben gelbe Blätter.

Daas Wäätter schläägt um, denkt sie.

Den hölzernen Vorbau des Fänniger-Hauses umrankt großblättriger Wein. Den hatten die Fännigers aus Ungarn mitgebracht. Die Reise hatten sie von Mitzig als Auszeichnung.

Die Juschkon lutscht eine der dattelförmigen Trauben aus. Sie spuckt. Die Säure zieht ihren Mund so spitz, daß im Haus keiner ihren Ruf hört.

Die Juschkon stellt die Totenkeule an die Treppenstufe und bückt sich unter den Weinreben hindurch.

Im Hausflur riecht es nach Wick Vaporup. Das schickt die Rohschott-Frau.

Damit ihr frei atmen könnt, schreibt sie.

Die Juschkon schrickt zusammen. Ein Kuckuck hackt nach ihr und schreit dreimal.

Die Uhr ist Fännigers Werk. Den Vogel hatte er ausgestopft und den Kasten aus Sturmklammern geleimt.

Er buchhaltert auch in der Natur. Einen Schrankteil besetzten Hefter mit Vogelvorkommen, Beringungen, Beobachtungen und Vogelarten in Wuttkows Umgebung. Es überwiegen darin Abgänge, die Großflächen schluckten Hecken, Sträucher und Bäume.

Fänniger hatte deswegen bei Mitzig protestiert.

Mitzig sagte: Ein Bauer rodet, seit alters her.

Fänniger pries den Nutzen der Vögel für die Landwirtschaft. Mitzig lachte. Fänniger verschluckte sich an seinem Gebiß. In sein Husten hinein sagte Mitzig.

Das regulieren wir alles viel zuverlässiger mit der Chemie.

Bei einer Ulme war Fänniger schneller. Er nagelte an ihren Stamm eine Naturschutzeule.

Der Baum stand an einer Weggabelung. Rechts ging es zu der Stelle, an der einst der Philosophenstein war. Links verlor sich der Pfad in Windungen. Beide Wege wurden überackert. Die Ulme störte die Schlageinheit und war Zeuge einer Wegentscheidung.

Völlig unerwartet kümmerte sich der Baum morsch.

Eine Gefahrenquelle, sagte Mitzig.

Fänniger rieb seinen Hals.

Mitzig erwirkte beim Kreis die Fällgenehmigung.

Ein K 700 riß den Stubben aus und hinterließ im Boden eine tiefe Wunde.

Fänniger untersuchte die Wurzeln und entdeckte einen 120er Kupfernagel.

So ein kleiner Stachel genügt, sagte Fänniger.

Daas war niicht kulaant, sagte die Juschkon, aber ein Baum mehr oder weeniiger, deshaalb geht die Welt nicht uunter.

Der Kuckuck lauert zur Juschkon herunter. Er sitzt für die nächste Stunde in Bereitschaft. Auf ihn wächst ein Gummibaum zu. Erzählt die Buchhaltersfrau tatsächlich einmal über sich, sagt sie: Das ist der größte Gummibaum in Wuttkow.

Bleibt jemand an ihrem Vorgarten stehen und sagt: Das blieht ja ieber und ieber, reibt sie als Jubel die Hände aneinander.

Die Juschkon drückt auf die Klinke der Küchentür. In Wuttkow sind die Türen tagsüber unverschlossen.

Die Tootenkeule, sagt die Juschkon.

Die Fänniger-Frau brockt Brötchen in einen Teller mit Knochenbrühe, das Essen für den Mann.

Wie geht es iihm? fragt die Juschkon und fällt ächzend auf den Küchenstuhl.

Die Fänniger-Frau duckt sich und sagt: Wird immer weniger.

Die Buchhaltersfrau hat es mit dem Mann nicht leicht. Er zerlegt alles in Plus und Minus. Eine Zwischenspalte fehlt in seiner Aufteilung.

Die Littig-Frau – für unnütze Arbeiten schwer zu gewinnen – betippte die Konsum-Kasse, ohne eine Papierrolle einzulegen.

Fänniger verlangte aber einen Beleg für seine hauswirtschaftlichen Buchungen.

Die Fänniger-Frau und die Littigen debattierten im Konsum.

Die Juschkon sagte in das Hin und Her: Schreibste eben eine Quiituung!

Die Buchhaltersfrau nickte und steckte eine fettige Haarsträhne unter das Haarnetz zurück.

Zu Hause schüttelte Fänniger den Kopf. Er strich mit der linken Hand seinen Nacken, und mit der rechten schrieb er einen Brief an den Kreis-Konsum.

Ach, sagte die Frau.

Das war das Schärfste, was sie für einen Zornausbruch bereit hatte.

Ordnung muß sein, sagte er.

Die Angst vor dem nächsten Konsum-Einkauf fettete ihr Haar so zusammen, daß die schuppige Kopfhaut durchschimmerte.

Am Fleischstand schlug sie vor der Littigen die Augen nieder, und der Kehlkopf würgte und versagte den

Sprechdienst. Sie zeigte auf ein Rindfleischstück, auf Mettwurst, Jagdwurst und Leberkäse.

Hinter der Fänniger-Frau stauten sich Frieda Lärke, die Juschkon und die Postwitwe.

Nun kramte die Littigen, weil vom Kreis angewiesen, aus einem Schub eine verstaubte Kassenrolle.

Bitte die Kundschaft zu warten, für die Extrawurscht des Herrn Buchhalters, sagte sie, klappte eine Kassenseite auf und wedelte mit dem Rollenschwanz.

Das Einfitzen der Rolle in das Kassengetriebe bewältigte sie erst mit der Gebrauchsanweisung, das heißt, mit den Bildern daraus. Der Text sprach französisch.

Die Juschkon sagte aus dem Stau: Ja, ja, mit der Spraache haaperts.

Die Kasse rasselte. Die Arbeitsschritte hielt sie mit blauen Zahlen und Sternchen auf dem Papierband fest.

Die Buchhaltersfrau wäre am liebsten in eine der Tüten gekrochen, die sie als Versöhnungsgeschenk in den Konsum mitgebracht hatte.

Die Littigen schrieb hinter die Bonzahlen noch Artikel, Menge und Kilopreis. Sie hoffte auf einen Ausbruch des Staus hinter der Buchhaltersfrau.

Die muuß ihn haalt so nehmen, wie er iist, sagte die Juschkon.

Hat ja ooch sein Gutes, wenn de eener genau is', sagte die Frieda Lärke.

Die Postwitwe sagte: Was wärn wir Deutsche ohne Ordnung!

Die Littig-Frau gab auf.

In den Strudel des Bon-Kampfes geriet eine Milch-Pfandflasche. Die Buchhaltersfrau hatte die sorgfältig mit einem Flaschenreiniger ausgewaschene Milchflasche unbeachtet in einen Kasten gestellt.

Fänniger wartete schon am Hausvorbau auf die Frau. Er stürzte sich auf den Kassenbon.

Er pinselte hintendrauf Leim und klebte den Zettel in das Buch der Wirtschaftsgeldbewegungen des Fänniger-Haushaltes.

Beinahe hätte auch er die Pfandflasche vergessen. Weil ihm so etwas beinahe passiert wäre, griff er sich an den Nacken.

Das Pfandgeld fehlt, sagte er.

Die Hand der Frau zitterte. Sie weinte still.

Geh wieder hin, sagte er, das muß in Ordnung kommen.

Da klopfte es: die Littig-Frau. Sie legte ein winziges Päckchen mit Schleife auf den Spültisch zwischen die umgestülpten Tassen und den Kaffeefilter. Im Filter war noch Kaffeesatz von früh. Nachmittag wurde er nochmals ausgenutzt, da gab es Durchgelaufenen.

Fänniger zupfte die Schleife auf. Aus dem Papier rollte ein Zwanzigpfennigstück unter den Küchenschrank. Auf dem Papier, einem Kassenbon, war ein übergroßes rotes Plus vor den 0,20 Mark. Dahinter hatte die Littigen geschrieben: Pfandgeld.

Viel Spaß, sagte die Littigen und ging.

Fänniger stäkerte mit dem Besenstiel nach dem Geldstück.

Nimm den Feuerhaken, sagte die Frau.

Zu spät. Aufregung und Besenstiel hatten das Geld unerreichbar weit nach hinten geschoben.

Sie räumten den Schrank aus und rückten ihn von der Wand ab.

Und dieser Fänniger buchte bei seiner Arbeit Schulden.

Das rieb ihn auf.

Frieda Lärke sagte: Ohne Ziegelstein in der Hosentasche verweht dich der Wind.

Fänniger hatte von Mitzig die Anweisung erhalten, trotz unerfüllter Pläne die Prämie auszuzahlen.

Schließlich haben wir Sozialismus, hatte Mitzig gesagt.

Nach jeder Auszahlung rieb sich Fänniger den Nakken. Am nächsten Tag hatte er den Hals mit einer Binde umwickelt.

Der Zustand des Buchhalters verschlimmerte sich noch, als Mitzig sagte:

In diesem Jahr meliorieren wir im großen Maßstab!

Die Kasse ist leer, sagte Fänniger.

Vater Staat zahlt, sagte Mitzig.

Wie sollen wir das je zurückzahlen, sagte Fänniger.

Mitzig sagte: Du mit deinem Geld. Das kann kein Mensch essen und kein Rind und kein Schwein fressen. Wir haben die Versorgung zu sichern. Koste es, was es wolle!

Das aufwendigste Meliorationsobjekt wurde der Unkenteich. Er war in einer Wiesensenke vor Wuttkow, versteckt hinter Kuscheln und Bäumen. Das Quaken der Frösche drang bis ans hinterste Dorfende, bis die Gülle den Fröschen beim Aushüpfen die Haut versengte. Es wurde stiller und stiller im Unkenteich.

Der Teich kam dennoch ins Gespräch, aber nicht der paar lausigen Kröten wegen, wie Mitzig die Froschklagen von Fänniger wegwischte.

Im Wuttkower Konsum bündelte sich die Welt.

Die Littig-Frau hängte neben die Kasse eine Wandzeitung mit ihren Verpflichtungen und den aktuellen politischen Ereignissen. Darauf forderte die Littig-Frau im Laufe der Jahre:

Amis raus aus Vietnam! Willy Brandt – DDR wird anerkannt! Strauß raus! Freiheit für Angela Davis! Nichts verbindet uns mit der imperialistischen BRD!

Wer weiß, wie es aussähe ohne die Rufe aus dem Wuttkower Konsum.

Die Littig-Frau hatte aber auch Werbeflächen in ihrem Laden. Die transportable, eine Tafel, lehnte sie an den Treppenabsatz vor dem Eingang. Die Tafel beschrieb sie aller vierzehn Tage mit: Frischer Fleischsalat, wie aus dem FF! Oder: Einkellerungskartoffeln bestellen. Pro *Person* 2 Zentner! Das Person unterstrich sie schwungvoll, um gegen den Mißbrauch der billigen Kartoffeln als Futtermittel anzukämpfen. Daher auch die Beschränkung. Ebenso teilte sie die Graupen und Haferflocken zu. Schimpfend stoppelten sich die Wuttkower ihr Hühnerfutter aus den Läden der umliegenden Dörfer zusammen.

Ein' Uumstaand maacht die draus, sagte die Juschkon.

Die andere Werbefläche, das Schaufenster, beklebte die Littig-Frau mit Plakaten. Der Wechsel der Plakate unterlag einem bestimmten Rhythmus.

Nimm ein Ei mehr! riefen zehn gleiche Plakate den Wuttkowern zu, wenn die Republik von Eiern überrollt wurde.

Erhielt die Eierversorgung den Zunamen Engpaß, klärten bei der Littigen Plakate über die Folgeschäden beim Genuß von Eiern auf.

Für das Plakat: Fisch auf jeden Tisch! fand sich keine Abschrecklosung.

Dafür schrieb die Rohschott-Frau an die Littigen: Ich kauf am liebsten Euern Fisch, der ist schön billig und auch nicht schlechter.

Für den Ausgleich der Seefische waren Karpfen vorgesehen. Nur war ein Binnensee weit kleiner als ein Ozean.

Wir intensivieren aus jedem Teich mehr Fische heraus, hieß die Losung der Wuttkower Binnenfischer.

Sie sagten nun zu Fang Ertrag, zum Abfischen Ernte, und wuchsen die Karpfen, hieß es Produktion.

Im Unkenteich wimmelten Karpfenrücken.

Schwüle lastete auf dem Unkenteich. Die Karpfen maulten aus dem Wasser nach Sauerstoff. Die Ausbeute war gering. Die Sträucher, die Bäume und das Schilf hielten selbst den leisesten Luftzug ab.

Nach Tagen schwammen die Karpfen bäuchlings und blähten auf und stanken erbärmlich.

Die Binnenfischer kescherten von einem Boot aus. Die Karpfen seihten schon durch die Maschen.

Im frühen Herbst rodeten die Fischer die Bäume und Sträucher und begifteten das Schilf.

Im folgenden Jahr blieb Fännigers Hefter »Schilfvögel« leer. Es half den Fischen wenig. Der Wind strich über die Senke hinweg.

Mitzig bot einen Tauschhandel an: den Teich gegen ein Ödland.

Wir haben eine einheitliche Fläche, und ihr könnt euch einen idealen Teich anlegen, sagte Mitzig.

Ihr seid verrückt, sagte Juschko.

Fänniger sagte: Du schaffst es nicht, die Natur zu verbiegen.

Mitzig sagte: Wir ordnen uns die Natur unter. Der Mensch ist die Krönung. Er ist vernünftig. Also kann er alles, weiß alles und macht alles richtig.

Halber bewies mit endlosen Zahlenreihen das Scheitern des Meliorationsprojektes. Der Meliorationsbau berechnete mit ebensolchen Zahlen das Gegenteil und eine riesige Ertragssteigerung.

Der Hauptbuchhalter hatte unter das Projekt seine Unterschrift zu setzen. Fänniger schwankte, ob sein: Ordnung muß sein für oder gegen die Unterschrift sprach. Seine Lebenserfahrungen besagten schließlich, daß die Ordnung der Gesellschaft überall den längeren Arm hat.

Einer wie ich baumelt am ausgestreckten Arm, sagte Fänniger zur Frau.

Die Unterschrift höhlte ihn aus.

Drei Millionen Mark Schulden lasteten auf der KAP nach der Melioration.

Die Traktoren versackten im Schlamm in der Senke des ehemaligen Teiches, und die Früchte faulten. Das billigste war, die Stelle zu umkreisen.

Die Rentabilität der Meliorationsmaßnahme Unkenteich buchte Fänniger vom Ertrag anderer Schläge auf dieses Fleckchen um.

Die Statistik richtet's, sagte Mitzig.

Der Fischwirtschaft brachte es allerdings einen Vorteil. Keiner kescherte mehr tote Karpfen ab. Sie wurden eingepflügt, trocken genug war das neue Teichbett.

Zum Jahresabschluß sagte Fänniger: Konkurs.

Seine Wundstellen am Nacken heilten nicht mehr.

Altes Spiel, sagte Mitzig, ich gehe zu Hasenhuber.

Von der Tür aus fügte er hinzu: Der Sozialismus ist eine Gesellschaft der Verteilungen.

Der Wind drehte. Er brachte strengen Frost.

Hasenhuber lüftete sein Büro. Die kalte Luft stichelte in der Nase. Die Gardine wedelte vom Zug durch die offene Tür: Mitzig.

Hasenhuber wirbelte das Fenster zu.

Er sagte: Der Staat ist keine Kuh, die du melken kannst!

Hasenhuber schloß die gepolsterte Zweittür.

Ich werde auf der Jahreshauptversammlung die Frage nach der Verantwortung stellen müssen, sagte Hasenhuber.

Dann ist alles Bisherige vergessen? sagte Mitzig.

Du weißt, wie der Hase läuft, sagte Hasenhuber. Die Vollversammlung wird darüber entscheiden, ob du Vorsitzender bleibst.

Gegen die Scheiben prasselte körniger Schnee.

Aus! dachte Mitzig, ich bin verantwortlich. Halt! Der

Mitzig sucht Sündenbock

Buchhalter. Eine Möglichkeit? Der hatte das Projekt unterschrieben und vor allem die Erträge umgebucht. Vielleicht reicht das, damit es nur ein Verweis wird.

Fänniger lag zu Hause im Bett. Die Frau packte neben seinen Körper Kissen, um die Last der Zudecke abzufangen. Fänniger rang mit seinen Rotbuchungen und Umbuchungen. Sie hockten wie Dämonen auf der Decke.

Bei dir hatte alles seine Ordnung, sagte die Frau.

Er warf mit der Teetasse nach den Dämonen und traf die Frau.

Mitzig trat vor Fännigers Bett von einem Socken auf den anderen. Die Schlafstube in Wuttkow mit Schuhen zu entweihen war unmöglich. Das Recht hatte nur der Arzt.

Fänniger drehte das Gesicht zur Wand.

Mitzig versuchte mit: Wird schon wieder werden. Du bist nicht totzukriegen! Fänniger zu wenden.

Mitzig legte Blumen auf den Nachtschrank, packte Pralinen aus und Bananen. Die hatte die Littig-Frau besorgt. Zuletzt stellte er eine Flasche Kognak dazu. Mehr als der Sozialfonds zubilligte, Mitzig hatte zugeschossen.

Du hast viel geleistet, sagte Mitzig.

Das holte Fänniger von der Wand.

Du hast dir Ruhe verdient, sagte Mitzig, mit deinen Einundsechzig. Ich dachte an Sicherheitsinspektor, bei gleichem Gehalt.

Fänniger sagte mit trockenen Lippen: Wenn nur alles seine Ordnung hat, will ich gern noch was leisten als Hauptbuchhalter.

Das macht dich kaputt, sagte Mitzig.

Nachdem Mitzig gegangen war, sagte Fänniger zu seiner Frau:

Mitzig sorgt sich um mich.

Na?! sagte sie.

Mitzig dachte: Das hätte keinem weh getan mit dem Sicherheitsinspektor.

Beim nächsten Mal hatte Mitzig keine Blumen, sondern einen Aktenordner unter dem Arm. In dem waren alle Fänniger-Unterschriften zum Meliorationsprojekt Unkenteich und ein Schreiben. Darin nahm Fänniger alle Schuld auf sich und bat, von seiner Funktion entbunden zu werden. Auf dem Papier fehlte die Fänniger-Unterschrift.

Fännigers Lebensflämmchen züngelte wieder.

Er schlief in der Stube im Ohrensessel. Mit offenem Mund röchelte er die verbrauchte Luft des Zimmers ein.

Mitzig knarrte mit der Tür. Fänniger schnarchelte sich munter. Er drehte das Radio ab. Es hatte mit Stimmungsliedern begonnen.

Mitzig legte den Ordner auf den Tisch. Seine Daumen sprangen im Muster der Decke.

Verteufelt, sagte Fänniger, jetzt, wo du mich dringend brauchst, sitze ich hier krank und lasse dich im Stich.

In Mitzigs Kopf schwirrte dieser Alptraum, den er seit Tagen mit sich trug: Er steht auf dem Haupt des Stein-Philosophen und versucht vergeblich die Augen aufzureißen.

Plötzlich rannte Mitzig aus dem Fänniger-Haus und murmelte immerzu:

Es muß doch was bleiben.

Sogar die Akte hatte der Mitzig liegengelassen, sagt die Fänniger-Frau zur Juschkon.

Die Buchhaltersfrau zerquetscht die aufgeweichten Brötchenbrocken in der Brühe.

Der Mann hat glei' 'nen Rückfall. Kein fester Bissen bleibt drinne, sagt sie und rührt noch ein Eigelb unter.

Das Eiweiß kippt sie in eine Tasse. Das brät sie am Abend als Spiegeleiersatz. Alles wird verwertet.

Tjaa, sagt die Juschkon. Du haast mit dem Maann zu tuun. Am besten, iich schaaff die Tootenkeule zurieck zum Biergermeisteer.

Marlene Mitzig dreht den Knauf der Korridortür nach links und zieht das Schloß leise zu. Nelli darf nicht aufwachen.

Marlene geht zum Bürgermeister. Sie hatte vom Fenster aus gesehen, daß die Juschkon die Totenkeule zu Fännigers trug. Von dort kommt die Keule zurück zur Bürgermeisterei.

Was wird nun aus Nelli werden, denkt Marlene. Ich werde arbeiten müssen. Der Mann hatte gesagt: Das hast du nicht nötig als Vorsitzenden-Frau, außerdem Nelli.

Das gefiel ihr. Kinder schoben sie Jahr für Jahr hinaus. Aus Verantwortung, begründeten sie. Ihre Kinder sollten nicht in unfertige Verhältnisse geboren werden, wie es ihnen erging.

Marlenes Tage wurden leerer. Sie war erpicht darauf, zu erleben. Das mußte ihr das Fernsehen ersetzen.

Das Verlangen nach Stärke blieb. Sie kaufte sich zu Weihnachten einen röhrenden Hirsch in Öl. Den tauschte sie mit dem Hochzeitsbild über den Betten aus.

Heiner ist tot, sagt sie zum . . . zigstenmal vor sich her. Mein Gott, wie lange scheint das her zu sein, der Freitagabend.

Der Mann stellte sich zwischen ihren Sessel und das Fernsehbild.

Ich gehe zu Fänniger, sagte er und blieb stehen.

Ich sehe nichts, sagte sie.

Einer wird das Opfer für die Meliorationsschulden, sagte Mitzig. Fänniger oder ich.

Opfer bedeutete für Marlene nach bisherigen Erfahrungen ein erhobener Zeigefinger oder eine Auszeichnung später.

Sie igelte sich ein.

Er oder ich, sagte Mitzig und ging langsam zur Tür.

Er oder ich! schrie er.

Im Fernsehlicht sah sie die Spur seiner Speicheltröpfchen.

Sie wartete den ganzen Abend.

Alle Kanäle rauschten: Sendeschluß. Ein kritischer Augenblick. Marlene zupfte an der Tischdecke. Blumen fehlten darauf, seit Nelli Wasser aus den Vasen getrunken hatte. Der Blumenverlust schmerzte Marlene.

Mitzig kam nicht mehr nach Hause.

Man fand ihn bei den Drei Eichen unter der mittleren. In einer Hosentasche hatte er einen Stein und Nägel und in der anderen ein Taschenmesser.

Bürgermeister Wuschko löst mit erdgerändertem Daumen die Reißzwecken auf der Totenkeule. Er klebt den Zettel in ein Buch, dessen Rücken schwarz getuscht ist.

Die Totenkeule schließt er in den Tresor, den einzigen Schrank, in den sie hineinpaßt.

Die Wuttkower rätselten am Sonntagabend noch immer: War es nun ein morscher Ast oder . . .

Am Montag hat sich der Altweibersommer verausgabt.

Hasenhuber überrascht das. Fröstelnd sitzt er im Bus nach Wuttkow. Es ist ein alter Ikarus, eine sogenannte Zigarre. Vorn beim Fahrer kleben Schilder, damit sich jeder im Labyrinth des Alltags ausrichten kann, selbst wenn er nach Wuttkow fährt: Fahrstrecke Vorwärts. Ausstieg hinten! Packen wir es an. Platz für Fahrersicht freihalten. Wir arbeiten im Dienst der Zukunft.

Die Straße ist holprig, und der Kraftverkehr schickt nach Wuttkow nicht die erste Garnitur. Hasenhuber springt auf seinem Platz. Er mag wacklige Sitze nicht. Die Dienstwagenzeit ist vorbei.

Vor ihm hüpft ein Frauenkopf. Der ist eingehüllt in ein schwarzes Kopftuch: die alte Kuscherova.

Hasenhuber hält seine Aktentasche fest. Das ist mehr ein Safe, viereckig und stabil.

Außer den Schnitten und ein paar Dauerakten ist heute die Trauerrede für Mitzig darin. Er hatte für die Rede nicht seine abgegriffenen Zettel mit den Punkten bei Name und Verdiensten benutzt.

Hasenhuber will mit dem Bürgermeister die Beerdigung absprechen. Es ist ihm wichtig, daß alles planmäßig abläuft. Das Grabschaufeln ist ein Unsicherheitsfaktor, denkt Hasenhuber. Womöglich verzögert sich dadurch alles, und das bei so vielen offiziellen Trauergästen. Einen Kran laß ich die Grube ausheben.

Kriecht der Mitzig auf den Baum. Er wird doch nicht absichtlich . . .

Mein Gott, was habe ich mit dem alles angestellt. Schwung hat er reingebracht in den Laden.

Der Bus hält in Wuttkow.

Die Kuscherova trägt unter ihrem Kopftuch in Wuttkow die Nachricht vor Hasenhuber her: Der Kreisheini ist da.

Hasenhuber geht zur Bürgermeisterei. Wuschko steht hinter der Gardine. Der hat noch gefehlt, denkt Wuschko und ist nicht da.

Hasenhuber rüttelt an der Bürotür. Die Kowaln pantoffelt heran.

Gute Frau, sagt Hasenhuber, wo ist denn der Chef.

Die Kowaln knöchelt mit dem Zeigefinger um die Ecke. Ungläubig folgt Hasenhuber dem Fingerzeig.

Er stößt auf das Kruzifix.

Um das Gemeindehaus weht ein Kichern.

Hasenhuber gleicht das mit Flüchen aus. Bei einigen fallen Kastanien aus den Kronen der Dorfbäume.

Im Maschinenhof rempelt er an Juschko. Der reinigt den Ölfilter seines Kranes.

Tag, Kollege! sagt Hasenhuber und macht keine Umschweife: Baggere dem Mitzig doch mal schnell ein Grab.

Juschko schwenkt das Waschbenzin aus dem Drahtgeflecht des Filters. Hasenhuber flieht vor den Spritzern.

Juschko ist fertig und verschwindet in die Werkstatt.

Der lange Hein entdeckt den ratlosen Hasenhuber. Chefs ziehen Hein an wie Mücken das Licht. Er umsurrt Hasenhuber:

Tachchen. Besuch von ganz oben? Probleme?

Hein deutet mit dem Kopf in Richtung Juschko und verzieht das Gesicht.

Nimm du den Kran, sagt Hasenhuber.

Er schlägt Hein auf die Schulter. Ein Ritterschlag. Hein dehnt seine Wirbel, daß es knackt, und sagt:

Klar, Chef! Auf mir kann jeder rechnen!

Hein tuckert mit dem Kran zum Friedhof. Hasenhuber läßt Abstand.

Hein springt ab und bückt sich nach dem Riegel des schmiedeeisernen Friedhofstores. Hinter dem Pfeiler schnellt Juschkos Hand hervor und packt Hein am Genick wie eine Katze.

Juschkos Hand ist kräftig. Sie hat schon manchen in Schach gehalten.

Hau ab, sagt Juschko. Der Mitzig ist unser.

Hasenhuber geht hinter einem Baum in Deckung.

Hein verschwindet.

Juschko wartet auf Hasenhuber. Der bleibt, wo er ist, und schlottert. Sagt Hasenhuber beim Kreis: Dem ziehe ich eine über, denkt er dabei ausschließlich an bürokratische Kampfmittel.

Als Juschkos Geduld aufgezehrt ist, schleicht Hasenhuber aus dem Dorf.

Leibisch hat am Nachmittag alle Gläser voll zu tun. Ihm fehlt sogar die Zeit, mitzuschnäpseln. Die Hanne streicht auf den Bierdeckeln an. Mit jedem Strich werden ihre Knie beweglicher.

Alles wegen Mitzig, sagt sie.

Frieda Lärke stößt die Kneipentür auf.

Wie im Saloong, sagt die Juschkon.

Juschko erzählt am Tisch dem Bürgermeister von Hasenhubers Einfall.

Wuttkow und seine Geschichte gehört uns, sagt er.

Was wären wir ohne Mitzig, sagt Frieda.

Unterdessen geht Halber zum Philosophenstein. Die Meißel der Bauleute und die Jahre danach haben ihn rissig gemacht. Er ist untauglich geworden, denkt Halber. Wir brauchen einen neuen.

Nach dem Mitzig-Nagel in der Eiche fragt keiner.

S. 111 u. 112 (Charakt)
(Ei-Unternehmen)

Textabb. S. 157